석류, 그 풍요한 주머니 속엔

석류, 그 풍요한 주머니 속엔

1판 1쇄 발행 | 2017년 5월 10일

지은이 | 임순숙
발행인 | 이선우
펴낸곳 | 도서출판 선우미디어
　　　　등록 | 1997. 8. 7 제305-2014-000020
　　　　02643 서울시 동대문구 장한로12길 40, 101동 203호
　　　　☎ 2272-3351, 3352 팩스: 2272-5540
　　　　sunwoome@hanmail.net
　　　　Printed in Korea ⓒ 2017. 임순숙

값 12,000원

이 도서의 국립중앙도서관 출판예정도서목록(CIP)은 서지정보유통지원시스템
홈페이지(http://seoji.nl.go.kr)와 국가자료공동목록시스템(http://www.nl.go.kr/kolisnet)에서
이용하실 수 있습니다.(CIP제어번호: CIP2017010735)

ISBN 89-5658-502-4 03810
ISBN 89-5658-503-1 05810(PDF)
ISBN 89-5658-504-8 05810(E-PUB)

석류,
그 풍요한 주머니 속엔

임순숙 수필집

선우미디어
sunwoomedia

작가의 말

외부 유혹이 잦아든 동한기, 외딴섬 하나를 지키고 있습니다. 그 섬은 외로움과 자유로움이 적당히 어우러져 새로운 탈출구를 시도하길 권합니다.

그동안 눈여겨보지 못했던 일들, 마음은 많았으나 미처 손길이 미치지 못했던 곳들, 미루고 미루다 포화상태에 이른 것들을 하나씩 들추며 활로를 모색해 봅니다.

그 중 하나, 글 곳간을 열었습니다.

혼자만 드나드는 블로그에 던져 놓은 글들이 아우성을 칩니다.

한 편 두 편, 거풍하듯 들쳐보며 속으로 가만히 들어가 봅니다.

마음 밭을 다스렸던 그때의 순간들이 갖가지 얼굴로 다가옵니다.

'삶과 글'이라는 문패를 달고 '캐나다 시사한겨레'에 발표했던 글들이 먼저 아는 체 합니다. 사회적으로 쟁점화됐던 사안들을 아주 작은 목소리에 담기도 하고, 주변의 사사로운 이야기들을 밖으로 이끌어 담론 화를 꾀하기도 했지만 궁극적으로 가 닿고 싶은 곳은 문학이란 뜰 안으로 들기 위한 발돋움이 아니었을까 합니다.

　아직은 많이 부족하여 짝사랑에 불과하지만 갈고 닦기를 거듭하다 보면 언젠가 손짓해 오리라 기대합니다.

　지난 십여 년간 차곡차곡 쌓아두기만 했던 글들을 손질하여 소통하는 블로그로 거듭날까 하다가 욕심이 욕심을 낳고 말았습니다. 아직도 작품집을 엮는 게 잘 한 결정인지 모호하지만 비슷한 생각을 가진 독자와 교감할 수 있다면 더 바랄 나위가 없겠습니다.

　오랜 기간 좋은 지면을 할애해 주신 '캐나다 시사 한겨레' 발행인 김종찬 선생님, 고행의 길을 묵묵히 함께 하시는 문우 여러분들, 늘 아낌없는 박수로 응원 해 주시는 친구들과 가족들 그리고 부족한 글 곱게 엮어 주시는 선우미디어 이선우 선생님께 감사한 마음 전합니다.

2017년 5월 13일

그랜드 벨리에서　임순숙

임순숙 수필집 | 석류, 그 풍요한 주머니 속엔
|차 례|

1부 국화꽃 따는 아침

2부 사막의 일몰을 쫓아갔다가

1부

국화꽃 따는 아침

천리향

계절이 바뀔 때마다 특유의 향기로 다가올 계절을 마중한다. 나의 이런 습관은 잔존하는 계절의 지루함을 달래기 위한 방편이기도 하지만 늘 새롭게 다가오는 계절맞이 세레머니라고 해도 좋을 듯하다.

봄꽃잔치가 끝날 무렵 잔디 기계 소음 끝에 묻어오는 싱싱한 풀 냄새는 여름향기를 물고 있어 좋다. 더위가 한고비 꺾일 때 쯤 사과나무 아래 서면 설익은 과일향이 단 냄새를 풍기기 시작한다. 바로 내가 즐기는 여름 속의 가을 향기다. 노란 단풍이 온 동네를 휘감을 때, 바람결에 실려 오는 나무 타는 냄새는 겨울을 알리는 서막의 향기다. 이때만은 다가올 추위 걱정보다 동화 속의 하얀 겨울을 꿈꾼다. 하지만 이것들은 어디서고 쉽게 감지되는 향기이지만 나의 봄 향기 마중은 좀 까다로운 취향 탓에 수십 년 그 목마름이 여전하다. 어디 천리 밖까지 향기 퍼지는 꽃이 없을까?

유년시절, 꽃을 유난히 좋아하신 아버님 취향 덕에 일년 사시사철 꽃이 끊이지 않는 화단 넓은 집에서 자랐다. 관상수, 유실수는 물론이고 각종 계절 꽃에다가 십여 종의 희귀한 접동백이며 철쭉들을 일본에서 구해다 이식하곤 온갖 정성을 다하셨다. 해마다 늘어나는 아버지 꽃 자랑에 손님맞이 약술항아리를 늘려야 하는 노고는 어머니 몫이었다.

어느 해 늦겨울부턴가, 아침에 일어나 방문을 나서면 향기로운 꽃 냄새가 후각을 자극했다. 그 꽃은 오래도록 한자리에서 그렇게 아는 체했는데도 데면데면했다가 비로소 사춘기 감성이 꽃향기에 열리기 시작한 것이었다. 바로 꽃향기가 천리까지 퍼져 간다는 천리향이다.

상서로운 향기를 뿜어낸다하여 서향이란 학명을 가진 천리향은 주로 따뜻한 남쪽지방에서 보호막 없이 야외에서 겨울을 나는 관상수다. 사철 푸르고 딱딱한 잎을 가진 나무는 자주색과 흰색으로 조화를 이룬 수십 개의 조그만 꽃봉오리가 서로 엉겨 붙어 추위 속에서 영글어간다. 한겨울 내내 두터운 잎사귀에 의지하여 향기를 만들고 숙성시켰다가 땅이 풀리기 전부터 서서히 꽃망울을 터트리며 향기를 뿜어낸다.

조그만 별 모양의 꽃들이 마치 복주머니 열듯 하나씩 피어나는 모습은 아름다움보다 귀여움이다. 꽃은 곧 아름다움이란 고정관념을 무색하게 하지만 꽃 귀한 계절에 개화하니 꽤 영특한 식물이다. 거기다 자신의 부족한 면을 지극한 향기로 보충하니 십 수 년 한자리를 고수해도 자릿값을 탓하지 않는다. 연약한 새순을 설한풍에 내어 놓고 얼려 키운 갸륵함이 그윽한 향기로 거듭나며 새봄이 도래함을 알린다.

얼굴을 쑥 들이밀고 한 호흡 깊게 하면 천상으로 향하는 통로를 만날 것 같은 황홀감을 맛볼 수 있다. 천리안 구석구석 자신의 존재를 알리는 그 향기는 사람을 취하게 하는 마력을 가져서 곧잘 지나는 행인들을 화단가로 불러들이고 먼데서 온 손님의 밤을 하얗게 지새우게 하기도 한다.

벌써 30여 년 전의 일이다. 남편과 맞선을 보고 사귐을 가진 지 두어 달 남짓 됐을 때 고향집에 계신 부모님께 첫인사 차 함께 내려갔다. 고향이란 단어 자체가 낯설게 느껴진다던 서울 토박이인 그이가 "아름다운 바닷가 고향을 갖게 되었다."며 무척 좋아했었다.

찬바람이 여전하던 대도시를 벗어나서 남국의 종려수가 해안가를 점유한 거리를 풋풋한 연인끼리 거닐었으니 얼마나 좋았을까. 첫 방문에 감히 공짜로 얻은 고향, 운운 했으니 말이다. 그러나 그런 감격은 시작에 불과했다. 도회적인 시각으로 천천히 둘러본 소도시의 정감 어린 정취며 먹을거리들, 수려한 경관의 한려수도와 한 몸인 듯 여유로운 사람들의 몸짓 그리고 그날 밤에 도취된 꽃향기는 그 도시의 사윗감으로 꽁꽁 묶는데 일조했다.

흥분된 하루 일과를 마치고 홀로 손님방에 누웠는데 창호지 문틈으로 스며드는 까닭 모를 향기가 황홀경으로 이끌었을 터, 노곤한 몸과는 달리 쉬이 잠이 올 리 없는 밤에 방문을 열어놓고 초롱초롱한 달빛에 봄바람 타고 오는, 그녀 같은 향기에 취해 있는데 훼방꾼이 나타났다. 누군가 살금살금 인기척과 함께 열어둔 문을 살그머니 닫고 사라졌다. 삼라만상이 고요한 밤에 느닷없이 나타나 꿈같은 순간을 뺏어가니 그 황망했음은 뻔하다. 다시 잠을 청하려 해도 떨칠 수 없는 봄밤 유혹에 못 견뎌 살며시 방문을 열고 황홀한 순간을 이어가다 또 다시 차단되기를 수없이 반복하며 밤을 하얗게 지새웠단다. 먼데서 온 손님이 봄 감기 안고 돌아 갈까 염려된 예비 장모님과의 말없는 실랑이를 생각하면 지금도 그때의 달뜬 마음이 속으로 인다고 한다.

기대치와 만족도는 늘 반비례한다. 모질게 긴 겨울을 버티어낸 보상으로 봄은 천리향 향기로 맞고 싶지만 늘 실망이다. 어느 날 갑자기 잔설 헤집고 튀어나온 튤립을 필두로 온갖 꽃들이 함께 피어나는 이곳의 봄 풍경엔 기다리는 설렘이 없다. 올 겨울은 연일 폭설과 한파가 맹위를 떨치며 새로운 기록에 도전하는 듯하다. 널뛰기 동장군에게 속수무책으로 몸을 내맡겨야 하는 모든 생명체의 신음이 아직 끝나지 않은 지금, 나의 봄맞이 향기가 그립다. 이 계절 끝머리 어디쯤에서 싸아한 그리움을 품고 있는 천리향 향기가 우리를 구제해 주었으면 좋겠다. 천리향과의 만남은 먼 먼 옛날이지만 아직도 내 안에서는 봄, 유년, 고향의 향기로 남아 메마른 일상에 윤기를 더해 준다.

작은 몸짓이 큰 반향(反響)을 일으키고 멀리 있어도 가까운 듯 교감할 수 있는 지혜의 눈을 새삼 무형의 향기에서 틔운다.

봄, 봄이 왔으면

쨍그랑 쨍그랑. 텃밭 일구는 쇠스랑 소리가 설부른 봄을 재촉하고 있다. 모처럼 찾아온 햇볕이 좋다며 잠깐 해바라기 한다던 그이가 앞선 마음을 가누지 못해 연장을 챙겨 뒤뜰로 향한 지 며칠 만에 제법 틀을 갖춘 텃밭이 되어간다. 아마도 지루한 겨울 동안 수없이 그려 둔 밑그림 효과이지 싶다. 부창부수라고 했던가. 나도 덩달아 미완성인 텃밭을 곁눈질하며 고이 모셔둔 야채 봉지들을 한 상 가득 차려놓고 나름대로 자리 배치시키느라 열을 올린다.

텃밭의 지존인 상추와 쑥갓은 맨 앞자리에다 뿌리고, 쓰임새가 다양한 부추는 가능한 한 넓게 터를 잡아야겠다. 키 큰 깻잎 군단은 뒷자리로 돌리고 얼갈이배추와 열무도 두어 두둑 뿌려야겠다.

가장 햇볕 좋은 곳은 당연히 청양고추 몫이고 넝쿨쟁이 더덕도 탐은 나는데 손바닥만 한 저 텃밭이 다 받아 주기나 할까, 생각하며 창밖을 내다보다가 새파란 채소 잎이 나풀거리는 옆집 텃밭에서 시선이 멈췄다. 큼직한 케일에다 가녀린 팬지꽃까지, 며칠째 모녀가 그이의 훈수를 받아가며 어줍은 삽질을 하더니 어느 사이 모종까지 이식해 놓은 것이다.

씨 뿌리기도 망설여지는 시기에 봄 채비를 끝낸 이웃집을 보며 그들의 바람대로 더 이상 그런 날은 없었으면 하는 마음으로 상처 투성이 숲을 건너다본다.

우리 가족은 그랜드 리버(Grand rive) 강물이 마을을 감싸고도 는 그랜드 밸리(Grand valley)라는 소도시에 터전을 잡은 지 네 계절째다. 이곳은 '그랜드'라는 거대한 수식어가 붙은 이름과는 대조적으로 그저 평범한 시골 마을 그리고 시냇물보다 규모가 조금 큰 강이 흐르고 있을 뿐이다.

거대한 이름이 주는 뉘앙스와 딴판인 마을길을 오갈 때마다 어느 작명가의 과장된 표현이라 생각했는데 겨울 꽁무니에서 그에 걸맞은 광경을 목도했다.

'강물이 일어섰다.'

시루떡처럼 켜켜이 포개진 거대한 얼음덩이가 솟구치거나 강변에 쌓여진 광경을 보며 번뜩 들어온 생각이다. 언제나 잔잔하게 흐르던 강물이 어느 날 갑자기 폭도처럼 일어나 남하하고 있는 광경은 믿기지 않는 광경이었다. 하지만 멀리서 지켜보는 것만으로도 위압감을 느끼게 했던 강은 그래도 양반이었다. 후 폭풍 격인 얼음 비(freezing rain)는 온 마을을 혼란 속에 빠뜨렸다. 연이틀 얼음비가 내리더니 온 동네를 얼음 왕국으로 만들어 버렸다.

어두컴컴한 하늘 아래 마을이며 숲이 얼음에 깔려 낮게 엎드린 광경은 소설 〈더 로드(The road)〉에서 묘사한 지구의 종말을 연상하게 했다. 뒤이어 단전, 단수, 화재가 동시다발적으로 일어나 사이렌 소리가 온종일 끊이질 않았음은 물론 크고 작은 나무들이 뿌리째 뽑히거나 찢어져 주민의 재산에 막대한 손상을 입혔다.

토론토에서 북서쪽으로 불과 100km남짓 떨어진 곳인데 상상 외의 모습으로 돌변한 자연현상은 그 나름의 지형적 특성 때문이라고밖에 설명할 길이 없다. 그래서 붙여졌음직한 그랜드 리버, 그랜드 벨리는 결코 과장된 작명이 아니었다.

아직도 그날의 상흔이 곳곳에 남아 가슴 아프게 하지만, 예상치 못한 자연재해는 사람들을 결집시키고 단단하게 만드는 부수적 효과가 있음을 인지하며 묵묵히 살아가는 사람들에게 봄이 성큼 왔으면 좋겠다.

뉴욕에서 날아 온 쑥

　외출에서 돌아오니 큼지막한 쇼핑백이 눈에 띈다. 아이들의 소지품 정도로 짐작하다가 혹시나 하는 마음에 열어보니 싱싱한 부추가 그득하다. 부재중 친구 L부부가 다녀간 것이었다. 언제고 지나는 길에 들르겠다는 전언은 있었는데 빈 걸음으로 되돌아갔다 싶으니 서운한 마음 그지없다.

　친구 부부의 정성 속에 자라난 부추들을 조심스레 끄집어낸다. 부추김치, 부추 전, 부추 샐러드 등 건강이 뚝뚝 묻어나는 유기농 밥상을 상상하며 부추 반찬에 한껏 골몰해 있을 즈음 조그만 비닐봉지가 딸려 나왔다. 무엇일까, 부드러운 감촉으론 생물이 아닌 듯 하여 콧잔등을 들이미니 친근한 냄새가 후각을 간질인다. 나의 급한 마음 알기라도 하듯 살짝 여민 봉지를 풀어보니 데친 쑥 한 덩이가 얼굴을 쏙 내민다. 늘 이맘때면 더 그리운 고향 냄새를 풍기면서.

　내 궁금증이 통했던지 L에게서 전화가 왔다. 뉴욕 아들네 갔다가 뜯어온 쑥이라며 옛 생각하며 쑥버무리를 해 보란다. 세계에서 가장 현대적인 도시에서 날아온 쑥이라 생경함마저 들었지만 쑥은 나에게 그냥 단순한 식 재료가 아닌 두고 온 고향과 내 유년기 언저리를 맴돌고 있는 추억의 산물이 아닌가. 꽁꽁 뭉쳐진 쑥 덩이를 풀어헤치니 상념 속의 그것과 거리가 좀 있는 모습이다. 냄새는 분명한데 생김새는 사촌 내지 육촌 정도에다 크기는 또 얼마나 월등한지, 넓은 미국 땅 덩어리를 그대로 닮은 듯하다. 모국 토종 쑥이 이정도 크기라면 말려서 약용으로나 쓰일 텐데 하는 맘으로 한 잎을 뜯어 씹어 보았다. 다행히 싱겁다고 느낄 정도의 여린 맛이 모든 음식을 가능하게 했다. 나는 친구가 권유해 준 쑥 버무리보다는 더 간절한 쑥국과 쑥개떡을 염두에 두고 일부는 냉동고에 그리고 나머지는 숭숭 썰어 국 끓일 준비를 했다.

식탁에 앉은 아이가 쑥국을 보며 의아해 한다. 연유를 들려주었더니 '혹시 센트럴 파크에서 꺾으신 게 아닐까요?' 하며 씩 웃는다. 학창 시절, 하계 강좌를 위해 뉴욕에 머물 무렵, 센트럴 파크에서 많이 본 식물이라며 그때의 에피소드를 들려주는 얼굴이 상기되어 간다. 우리 시대의 전유물로만 여긴 쑥이 후세에도 쑥쑥 뻗어가고 있으니, 그래서 쑥인가 보다.

어린 시절 쑥 캐기는 우리 자매들에게 해방구나 마찬가지였다. 따뜻한 봄이 되면 할머니는 곧잘 바구니와 칼을 챙겨 선바람을 잡으시고 우린 할머니 치맛자락을 잡고 아버지의 눈치를 살폈다. 할머니의 엄호 아래 아버지의 허락이 떨어지면 자매들은 앞 다투며 앞산으로 달렸다. 아버지의 엄한 훈육 탓에 집안에선 실컷 웃고 떠들 수 없었던 그 시절 쑥 캐기는 얼마나 달콤한 구실이었던

가. 아이에게 이런 얘기를 했더니 까마득히 잊어버린 한 기억을 끄집어낸다.

형제가 초등학교 저학년정도 되었을 때, 엄마인 내가 떡 해준다며 쑥을 캐오게 했단다. 형제를 포함한 또래 여섯 명이 산으로 몰려가서 쑥은 뒷전이고 칼싸움, 총싸움 하며 얼마나 신나게 놀았는지 모른단다. 성인이 된 지금도 그때를 떠올리면 행복하다는데 정작 어미인 나는 아무런 기억이 없으니……

아들들에게 쑥 캐러 보낸 젊은 엄마의 속내는 호연지기를 염두에 두었다기보다 자신이 경험한 해방구를 아이들에게 선사하고 싶은 던 건 아니었을까. 엄마 표 쑥떡은 맛있었냐고 물었더니 시장에서 사온 떡을 먹은 기억이 어렴풋하다고 했다. '쑥 바구니가 오죽했으면 사서 먹였겠냐고 했더니 녀석은 '그러게요.' 하면서 머리를 긁적인다.

추억 저편으로 이끌어준 친구에게 고마운 마음 전하고 싶다.

사랑이란 그놈

미나가 행복 바이러스를 뿌리고 또 다녀갔다.

첫 만남이 있기 전, 펜으로 또박또박 쓴 편지를 보내와서 나의 마음을 뭉클하게 했던 아이, 보면 볼수록 정감이 가는 웃음기 많은 아이는 마치 피붙이처럼 편안함으로 다가온다. 늘 큰아들 옆이 허전해서 마음이 짠했는데 미나가 그 자리를 채우고 나니 뿌듯함과 함께 날아 갈 듯 어깨가 가볍다. 다른 사람들에게는 쉽게 오는 그놈의 사랑이 녀석에게는 왜 이렇게 더디게 와서 우리의 속을 태웠는지, 아마 이런 아이를 찾느라 그랬었나 보다.

녀석이 십여 년간 모국 생활을 청산하고 캐나다 집으로 돌아오고부터 안도감과 함께 근심거리도 붙어 다녔다. 서울 체류 중에는 설마 누가 있겠거니 했고 그곳에서 철수한다는 전언이 있고부턴 누군가 함께 오겠지 하는 바램을 가졌었는데 막상 기대가 무너지니 본인은 태연한데 부모인 우리가 더 조바심을 냈다.

배우자감을 만날 기회가 많은 그곳에서도 맺지 못한 인연을 좁은 바닥에서 어떻게 해결해야 할 지 날이 갈수록 난감했다. 이런 때 어미가 나서야 한다는 지인의 충고가 있어 백방으로 노력했으나 번번이 허사였다. 한계에 부딪혀 고심하고 있을 즈음, 무념무상의 녀석 얼굴에서 동요가 일기 시작했다. 마치 얼었던 땅이 풀리며 새싹이 솟아오르는 느낌이랄까. 결혼 적령기를 훌쩍 넘긴 그에게도 사랑이란 놈은 늘 처음처럼 수줍게 그리고 아련하게 자리를 잡아가고 있었다. 말을 할 듯 말 듯, 그러면서 하루 이틀, 그는 그대로 우린 우리대로 서로 밀고 당기며 기분 좋은 줄다리기를 하는 동안 쌓였던 고뇌의 시간들이 저만치 멀어져 갔다.

아들과 미나가 가꾸어 가는 사랑 나무엔 지금 꽃이 피어 만발하다. 시시때때 나누는 전화 통화는 웃음으로 넘쳐나며 두 가지 일을 하느라 늘 피곤 해 하는 녀석이 일주일에 두 차례씩 토론토 행 장거리 드라이브는 기를 쓰고 한다. 사흘이 멀다 하고 입술이 부풀어 올라도 사랑의 힘은 그런 것쯤이야 하며 가볍게 날려버리기 일쑤다. 늦게 찾아 온 녀석의 사랑을 지켜보며 어미는 또 하나의 간절함을 보탠다. '더도 덜도 말고 부모처럼만 살아다오.' 하고.

우리는 부부 싸움을 아직 한 번도 해 보지 못한 결혼 38년 차 부부이다. 오죽하면 친정 조카딸이 '이모, 이모부는 아직도 눈에 콩깍지가 끼었다.' 며 놀리기도 한다. 그때마다 '사랑하기도 바쁜데 싸울 시간이 어디 있냐.' 고 얼버무리지만 긴긴 세월동안 우린들 왜 감정 대립이 없었을까. 크고 작은 일에 이견(異見)이 있을 때마다 서로 조금씩 양보했고 상호 신뢰와 존중이 바탕 된 대립은 금방 이해와 화해로 돌아섰다. 이렇게 결혼초기부터 자신들의 감정을 조금씩 억제하다 보니 지금처럼 싱거운 부부가 되었다.

흔히 연애와 결혼은 꿈과 현실만큼이나 간극이 크다고들 한다. 하지만 우리는 알게 모르게 그 중간 선 쯤에서 서로를 바라보는 노력을 해온 듯하다. 전혀 다른 환경에서 나고 자란 성인들이 사랑 하나로 엮어져 한 평생을 살아가면서, 이런저런 사유로 그 사랑을 송두리째 뽑아낸다면 삶이 얼마나 고루하고 삭막할까.

남편은 가끔 나를 볼 때마다 가슴이 짜릿하다고 한다. 젊거나 그렇다고 미모도 아닌 나에게서 아직도 그런 감정을 느낀다는 것은 한 때 절절이 사랑했던 감성이 가슴 한편에 애틋함으로 남아 표출되는 게 아닐까 하는 생각을 한다. 나 또한 순간순간 그런 마음으로 그를 훔쳐보고 있으니……

늘 숨을 쉬면서도 공기의 소중함을 모르듯, 곁에 있는 남편이 항상 그 자리에 있으려니 생각하다가 가끔 그의 부재를 떠 올리면 아득해질 때가 많다. 이 세상에서 오직 한사람, 그래서 더 없이 소중한 사람임을 서로 확인하며 예전에 그랬던 것처럼 남은 여정 계속하려 한다.

큰며느릿감 미나가 뿌리고 간 행복 바이러스는 내내 여운으로 남아 미소 짓게 한다.

"어머니, 오빠가 파인애플을 하도 좋아해서 결혼하면 파인애플 나무를 심으려고 찾아봤더니 이곳과는 기후가 안 맞는다고 해요."

애써 키운 아들을 며느리에게 빼앗겨도 아깝지 않은 멘트, 백 번 들어도 기분 좋은 말이다.

(2017년 3월 어느 날)

그대, 아직은

'저기였던가? 아니, 저기보다 훨씬 더 높았었지.'

배리에서 400번 고속도로 하행선을 타면 나는 늘 속으로 묻고 답하며 갓길을 살핀다. 속력 때문인지 세월이 안고 간 탓인지 보일 듯 하면서도 눈에 잘 띄지 않는 사고현장을 번번이 놓치고는 쓴웃음을 짓는다. 불과 얼마 전까지만 해도 애써 고개를 돌렸는데, 지금은 담담하게 그곳을 찾고 있으니 놀랍다. 그이의 과감한 순발력이 아니었다면 아찔했던 순간을 잊는데 더 많은 세월이 필요했을 터이다.

지난해 겨울, 어느 이른 아침에 일어난 일이다. 토론토 서부 지역에서 여름철 장신구 박람회가 열린다는 소식을 듣고 모처럼 온 가족이 함께 나섰다. 삶의 터전을 배리로 옮긴 후, 처음으로 아이들과 동행하여 고향 가듯 나선 길이었다. 날씨는 흐렸지만 겨울답지 않게 포근했고 노면도 약간 미끄러웠을 뿐 크게 나쁘지 않았다. 부자(父子)의 차량은 평소보다 한가한 고속도로를 앞서거니 뒤서거니 기분 좋게 달리다가 그만 엉뚱한 사고를 내고 말았다.

주행선을 달리던 우리의 차가 차선 변경을 하려다 그만 눈 톱에 걸린 것이었다. 불과 2, 3센티미터 높이밖에 안 되는 눈 톱에서 기우뚱하던 8인승 밴은 순식간에 두 차선을 가로지르며 언덕 아래로 미끄러졌다. 눈 많은 고장에서 그정도, 아니 몇십 배 더 쌓인 눈길도 일상이었는데 빙판에서 가속까지 붙었으니 핸들 조작은커녕 브레이크도 속수무책이었다. 덩치도 적잖은 밴이 4~5미터 언덕 아래로 미끄러지는 순간, 눈은 질끈 감았지만 마음은 오히려 담담했다. 몇 초 후, 약간의 차체 요동과 함께 차가 급정거를 하자, 창밖으로 눈에 익은 송림과 설원이 보였다. 저 세상이 아님이 분명했다. 남편과 나는 서로를 바라보며 허허롭게 웃었다. 아마도 어이없는 웃음, 안도의 웃음, 난감한 웃음이었을 게다. 서로의 무사함을 확인한 남편은 놀란 가슴을 진정할 겨를도 없이 밖으로 뛰쳐나갔고 나는 언덕에 올라가 사고현장을 내려다보았다.

차체는 생각보다 말짱했지만 위로 끌어올려 안전검사까지 마치려면 일정을 취소할 수밖에 없어 보였다. 모처럼의 가족 나들이가 수포로 돌아가게 되어 섭섭했지만 큰 사고를 면했으니 그나마 다행이었다. 심란한 마음으로 추이를 지켜보고 있는데, 주변을 면밀히 살펴보던 남편이 차에 올라 시동을 걸었다. 차의 상태가 애매한 상황에서 시동은 모험이었으나 이내 차는 움직였고 그리고 거짓말처럼 길이 열렸다. 눈밭에 박힌 차를 부자가 밀고 당기며 경사면 초입까지 몰아가서 그대로 도로 위에 올려 세웠다. 누가 우리의 소식을 전했는지 뒤늦게 도착한 레커차가 그림자처럼 우뚝 서서 지켜보고만 있었다.

얼마 후, 우리는 아무 일도 없었던 것처럼 다시 고속도로에 올라 그 날의 일정을 소화하고 돌아왔으나 한동안 후 폭풍에 시달려야 했다. 만약, 옆 차선 아이의 차와 엉겼더라면, 사선을 그을 때 직진 차가 있었더라면, 차가 미끄러지지 않고 굴렀더라면, 급정거를 할 때 목전의 나무와 부딪혔더라면, 등등 온갖 가상이 마음을 어지럽혔다. 하지만 그때마다 액셀러레이터를 힘껏 밟고 도로로 돌진하던 그이의 모습이 떠올라 이를 무마시켜 주었다.

'아무리 민첩성이 예전만 못하고 기억력이 감퇴되면 어떠리. 태연한 얼굴로 돌진하던 그대! 아직은 청춘이라오.'

산당화 만발한 집

　십 년 넘게 살고 있는 집 앞마당에 매매 팻말이 꽂혔다. 사업체 이동으로 진작부터 이사를 염두에 두었지만 막상 사인이 나붙으니 가슴에 대못을 지른 듯 아려왔다. 이민이란 큰 줄기의 이별을 경험하면서 얻은 게 있다면 '매사 집착에서 벗어나자'였는데 그러하지도 못했나 보다. 아이들이 성장하고 우리 부부의 황금 같은 사십 대를 보낸 집이니 그 정도의 섭섭함은 어쩌면 당연한지도 모른다.

　봄비가 부슬부슬 내리는 날 집을 찾아 나섰다. 굳은 날씨에 할 일은 아니었지만 미리 약속을 잡아두었으니 어쩔 도리가 없었다. 중개인 K씨를 따라 한 집 두 집 돌며 새로운 안식처를 물색해 나갔다.

　가는 곳마다 삶의 흔적은 배면으로 깔고 날렵한 모습으로 새 주인을 기다리고 있는 집들, 쇼윈도에 전시된 상품이었다. 가능하면 우리 집은 얼른 새 주인을 만나서 네 식구의 손때가 빨리 감추어졌으면 하는 마음이 간절했다.

집을 돌아보는 내내 비도 오락가락 하고 마음도 썩 편하지 않더니 엉뚱한 곳에서 사단이 났다. 주거지 몇 군데를 돈 다음 옥, 석을 가려야 할 시점에 주택이냐, 콘도미니엄이냐를 놓고 남편과 팽팽한 신경전을 벌였다. 오랜 세월 우리 부부는 찍새와 꺽새라는 별칭으로 주어진 역할을 조화롭게 해결해 왔다. 새로 물건을 구입하거나 바꿀 때는 요모조모 따져보고 결정을 하는 건 찍새, 즉 나의 소임이었고 그 후의 과정은 꺽새인 남편 몫이었다. 헌데 이번만은 이 경우가 통하지 않았다. 남편은 편리함을 이유로 콘도미니엄을 선호했고 난 자유로움을 내세우며 단독주택을 고집했다. 동행한 K씨는 누구의 편에도 서지 못하고 어색하게 결과만을 기다리다 헤어졌다.

부동산 시장이 활황이라더니 마켓에 나간 지 일주일 만에 집이 팔렸다. 마음은 조급했지만 여전히 콘도냐, 주택이냐는 뜨거운 감자였다. 한동안 팽팽한 줄다리기 끝에 남편 쪽 줄이 헐거워졌다. 집을 보러 가는 날 그는 아들을 딸려 보내며 찍새의 소임을 다하고 오란다. 엄청난 배려였다. 결국 자유로움이 편리함을 눌렀지만 두 가지를 다 만족할 수 있는 집을 구해야 했기에 어깨가 무거웠다. 제한된 여건과 예산 안에서 구미에 딱 맞는 집을 구하기란 생각보다 어려웠다. 우선 쾌적한 주거환경에다 집이 너무 크거나 작지 않아야 하고 내부 구조며 관리 상태도 양호해야 했다. 더구나 새로운 집은 생애 마지막 주택일 것이기에 꿈에 그리던 그것과 근접해야 하며 남편의 잔디관리 고충을 덜기 위해서 뒤뜰은 아담한 크기여야 했다.

물망에 오른 여러 집들을 추려서 헌팅에 들어갔다. 한나절 내내 기대와 실망을 반복하다가 드디어 눈이 번쩍 뜨이는 집을 만났다. 외관부터 기대치를 웃돌더니 실내에 들어서는 순간 오랫동안 살았던 집처럼 정감이 갔다. 그리고 까다로운 조건을 모두 소화하고도 남을 정도의 여력까지 있어 보였다. 집안 구석구석 주인의 세심한 손질이 마음을 정하는데 한몫했고 뒤뜰의 솔바람 소리며 심겨진 화초들이 어릴 적 옛집으로 회향케 했다. 산당화 만발했던 고향집 뜰악, 호랑이 발톱나무 숲길의 초등학교 교정, 산나리 무리 지어 한들거리던 고향 바닷가 언덕……. 모두모두 뜰 안에서 손짓했다. 남편의 흔쾌한 찬성으로 쉽게 결정을 했고 '역시 찍새는 찍새'란 최고의 찬사까지 들었다.

집 감정을 하는 날, 초로의 주인내외가 자식을 멀리 보내는 심정으로 집 관리요령을 세심하게 일러 주었다. 그리곤 꽃을 좋아하냐며 내 손을 잡더니 손수 심었다는 화초 하나하나 이름 불러 나에게 다가오게 하였다. 이사 한 달 남짓 앞두고 멀쩡하던 온수 탱크가 터졌다. 감사하게도 정 떼고 가라는 듯……. 감정이 없는 집도 알건 아는 모양이었다.

정든 보금자리를 떠나 멀찍이 옮겨 앉는 그곳은 언젠가 귀소본능이 뻗쳐 힘들어질 때 심연의 골짜기를 잠재울 수 있는 그런 집이었으면 싶다.

여름 산행 예찬

　일요일 아침 고속도로는 한가해서 좋다. 잡다한 일들 홀홀 털고 신나게 달려 본 지가 얼마만인가. 남쪽으로 산행을 떠나는 길, 그이의 두 어깨도 무거움을 면했다. 일상의 탈출, 눈길 닿는 곳마다 여유로움으로 박힌다. 찰랑거리는 물결 위에 아침햇살이 곱게 내려앉았다. 은빛 물비늘이 이랑 지어 일렁이는 호수, 가장 매혹적인 순간이다.

　오늘은 해밀턴 끝자락, 그림스비(Grimesby) 지역이 우리를 즐겁게 해줄 차례다. 산행을 접하지 못했던 시절엔 이 지역이 우리에게 여러 가지 감흥을 주었다. 고국강산이 그리울 때 멀찍이 쳐다만 보아도 위로가 되었던 산, 늘 가깝게 보면서도 가보지 못하는 산, 무엇보다 단풍철엔 화려한 병풍자락을 펼쳐서 오가는 이의 탄성을 끌어가던 곳 아닌가. 그러기를 10여 년 세월, 이젠 그곳을 일 년에 두어 차례 넘나들고 있으니 더 이상 무엇을 바랄까.

　제대로 온 것 같지 않던 더위가 벌써 물러갈 채비를 하는 아침이다. 피부에 와 닿는 서늘한 감촉은 해이해진 영혼까지 씻어 줄 것같이 청량하다. 간단한 스트레칭으로 긴장된 몸을 풀고 한 주 내내 기다리던 숲 속의 친구들과 하나씩 조우하며 상쾌한 발걸음을 옮긴다.

지난주보다 한층 또랑또랑해진 쓰르라미 소리가 여름 숲의 주인인 양 목청을 돋운다. 손끝만 스쳐도 요란하게 터져나는 영근 씨앗들의 아우성이 대단하다. 나뭇가지 끝에 걸린 듯 낮게 앉은 솜구름은 영락없는 여름하늘이다. 이런 날 아침 산행은 모든 것에 감사하다. 언제나 동반해 주는 그이를 비롯하여 항시 새 얼굴로 우리를 맞아주는 숲속 풍경이 고맙다. 수많은 방문자가 다녀감직도 하련만 흔적조차 없으니 이 또한 감사할 일이다. 자연을 진정으로 사랑하는 자 만이 그 혜택을 누릴 수 있으니 모두들 그 자격이 되고도 남음이다.

나의 이런 감탄사가 채 끝나기도 전에 어수선한 광경이 눈에 잡혔다. 근래 이방인이 다녀갔나 보다. 모닥불 피워놓고 분위기 띄어 즐긴 흔적이 사방에 널려있다. 참으로 보기 드문 광경이지만 이런 행위도 이 아침엔 용서가 된다. 자연을 제대로 갖지 못한 객의 소치려니 생각하고 뒤처리를 대신한다. 마침 일찍 나왔다가 하산하는 일가족이 우리의 이런 모습을 보고 흐뭇한 미소를 보낸다. 세상에는 공짜가 없다고 했던가. 버려진 플라스틱 백에서 맥주 한 캔이 나왔다. 수고비려니 생각하고 배낭에 담고 가던 길을 계속한다.

오늘은 온타리오 호수를 좌측에 두고 이어지는 길이라 마음은 종종 일탈하여 한여름 호반에서 놀다 오곤 한다. 수영을 했을까? 보트를 탔을까? 산길에서 내려다본 물색은 너무 새파래서 자꾸만 하늘이 거기 있단 착각을 하게 한다.

서늘할 때 시작한 산행인데도 한여름 더위는 속일 수가 없다. 온 몸의 땀샘이 일제히 포문을 열어 그간 쌓였던 불순물을 방사한다. 끈끈한 땀 냄새를 맡고 여름산행 대적인 모기들이 쉴 새 없이 화살을 쏘아댄다. 고약한 놈들을 그냥 둘 순 없지. 온몸에다 퇴치제를 분사하고 숱 좋은 나뭇가지를 흔들며 대항한다. 4시간 동안 왕복 20km에 육박하는 산행이니 속도 또한 만만치 않다. 둘뿐인 산행인데 서둘 일도 없건만 다리는 자꾸만 앞서나간다. 얼얼한 얼음물로 연신 목을 축이고 계곡물 만날 때마다 물수건 적셔가며 오늘의 할당량을 채우려 안간힘을 쓴다. 치열하면 할수록 새로운 에너지가 분출되는 한여름 산행은 인생의 그때와 어쩜 이리도 닮은꼴인지 후반부 인생에서 그때의 맛을 다시금 새겨 본다.

문득 흐릿한 눈길로 왼쪽 숲을 보니 나무 사이로 파란 하늘이 평행선을 이루며 내 눈높이에서 함께 가고 있다. 분명히 호수는 저 아랫녘에 있을 텐데 오늘따라 새파란 하늘이 사방에서 보일까. 필시 더위를 먹은 탓일 게다. 이럴 땐 산바람 와 닿는 언덕에 자리 잡고 점심 겸 휴식시간을 갖는 것이 상책이다. 수고비로 얻어 온 뜨뜻한 맥주가 왜 이렇게 당기는지. 한 모금 쭉 마시고 더위와 피로에 도망간 입맛을 찾아온다. 기분 좋은 이완감이 식욕을 돋운다. 여름 반찬은 역시 뒤꼍에서 수확한 풋고추와 비름나물 무침이 제일이다.

점심후의 노곤함이 급기야 그이를 대지 위로 쓰러뜨리고 나는 식후 운동 삼아 슬슬 앞으로 내딛는다. 반환점을 돌아오는 이런 타입의 산행은 언제나 두고 와야 할 길에 미련이 많다. 그저 비슷비슷한 숲속 풍경에다 꼬불꼬불 산길일 텐데도 그 길에 대한 호기심이 끝없다. 기껏 10여 분 더한 걸음으론 아쉽지만 온 만큼 책임져야 하는 길이 남았으니 욕심은 금물이다.

부지런히 행장을 꾸리고 빠른 행보로 산길을 넘나든다. 에너지를 보충한 탓인지 돌아오는 길은 훨씬 수월하다. 하지만 금세 솔바람에 보송보송해졌던 온몸이 다시 땀범벅이 된다. 연신 물병을 당기지만 여름 한가운데에서의 사투는 찐하면 찐할수록 통쾌하다.

산행 후반부의 뻐근함과 나른함은 오히려 정신을 맑게 해주는 역할을 하는 모양이다. 나무 사이로 보였던 그곳은 하늘이 아니라 수평선이었음을 인지시켜준다. 일순간 착시현상으로 하늘과 호수가 겹쳐 보였나 보다. 하늘이면 어떻고 수평선이면 또 어떤가. 모두가 맑고 아름다운 거기가 거기인 것을. 여름 한가운데에서 일순간 가졌던 하늘, 호수, 그리고 녹음 속의 우리들.

국화꽃 따는 아침

　요즘 들어 부쩍 불면의 밤이 잦다. 그런 시간이면 불가능한 줄 알면서도 지리산 피아골산(産) 백초차를 감히 꿈꾸어 본다. 백여 가지 넘는 산야초가 어울려서 빚어낸 차는 쓴맛, 달큰한 맛, 새콤한 맛이 차례로 감돌아 정신을 맑게 한다는데, 어차피 깨어있는 밤이니 더 맑아져도 상관이 없겠다. 다만 그 차를 마시는 동안은 백여 가지 이름 모를 산야초의 살랑거림으로 불면의 밤이 짧아지리라는 상상도 은근히 해 본다.

　지난여름 끝머리에 지인이 보내 준 책 꾸러미에서 산야초에 대한 책을 제일 먼저 뽑아 들었다. 오랫동안 기다렸던 읽을거리들은 뒷전으로 돌리고 지리산 산야초 이야기에 한동안 정신을 빼앗겼었다. 자연과 합일을 이룬 한 지리산 붙박이가 들려주는 차(茶) 이야기는 까다로운 다도 운운하며 멀리했던 다기를 가까이 하게 했고, 직접 산야초 차를 만들어 보고 싶은 유혹이 들게도 했다.

　가을엔 감국, 구절초, 국화, 구기자 차류(茶類)가 으뜸이라기에 뜰 안에서 왕성하게 자리 잡은 국화 무더기에 눈길을 자주 보냈다. 초가을부터 봉긋봉긋 올라오는 꽃봉오리를 보며 마음은 이미 국화차에 놓아버렸다. 놈들이 개화하기만 하면 넉넉히 말려서 가을 노래 부르며 혹독한 겨울을 이겨내리라는 흑심을 품고서다.

어느 쾌청한 날 아침, 이슬 머금은 꽃이 향기가 짙다는 지침을 상기하며 국화꽃이 벙글거리는 화단에 들었다. 하지만 막상 해맑게 피어 오른 꽃송이들 곁에 서니 손이 선뜻 나가지 않았다. 무심한 마음일 땐 그토록 곱던 꽃이 따려는 순간엔 수백, 수천 적의에 찬 눈빛으로 조여 오는 듯했다. 말 못하는 식물에도 인간이 감당 못할 기가 있음을 그때야 알았다. 잔뜩 기에 눌린 나는, 손품은 들어도 덜어낸 티가 덜 나는 자잘한 토종이 그래도 낫다고 자위하며 몇 줌 따서 도망치듯 나왔다. 한 송이 국화꽃을 피우기 위해 수없이 많은 인고의 세월을 견디어 낸 사실을 잊은 채 내 욕심만 채우려고 했으니, 참으로 미안했다.

계절 탓인지 부질없는 생각이 많아졌다. 무심결에 이는 바람도 그 연유가 궁금하고, 그냥 스쳐가는 인연에도 애써 의미를 부여한다. 육안으로 보이는 것만이 전부인 양 가볍게 흘려보낸 것들을 되새김질하며 창밖을 보다가 기울어가는 황국에서 눈이 멎었다. 초롱초롱한 꽃망울로 꾸짖던 때가 엊그제 같은데, 된서리 몇 번 다녀가고 나니 허물어지는 낌새가 역력했다. 나는 가볍게 걸쳤던 몽상가의 옷을 벗어던지고 비닐봉지 하나 챙겨서 뒤란으로 나섰다.

느슨해진 화단에서 가을 향을 딴다. 황국, 백국이 엇비슷하게 누워서 얼른 데려가 달라고 재촉하는 듯하다. 푸근한 마음으로 한 무더기 끌어안고 얼굴을 들이민다. 농익은 향기가 온몸으로 스며든다. 수수하면서도 친숙한 향, 그럼에도 끝 모를 깊이로 이끄는 국향이다.

어느 아메리칸 인디언 부족은 십일월을 일컬어 '모두 다 사라진 것은 아닌 달'이라고 한단다. 조급함을 버리고 기다리다 보면 언젠가 때가 오리라는, 자연의 순환 이치를 통찰한 사람들의 범접하기 어려운 경지가 아닌가. 풋풋함 대신 평온함이 배가되어 수확의 기쁨을 누리는 아침이다.

Picking Chrysanthemums in the Morning

Translated by Tae-hee Jo

Sleepless nights have become more frequent these days. As I lie awake, I dare to daydream of Baekchae tea from Piagol in Mt. Jiri. The tea blends over a hundred natural herbs, with faint hints of bitterness, sweetness, and citrus flavor. From the depths of the mountain, the tea stimulates my tongue and clears my mind.

Since I'm already wide awake, a little clarity won't make much difference. While I drink the tea in my mind, I imagine those nameless herbs, and I hope they will make this sleepless night pass swiftly.

Late last summer, I began reading a book recommended by an acquaintance of mine on mountain herbs. I set aside my long list of books to read, and was immediately transfixed by the story of Mt. Jiri herbs. Thanks to the writings of a mountain hermit, I felt a newfound affection for my tea set, which had been gathering dust. As I learned that the process of preparing, serving and drinking tea has a storied past, I was overcome with a sudden urge to make my own mountain herb tea.

I watched mother chrysanthemum, Siberian chrysanthemum, and lyciumgrow in my garden until they were ready for picking in the fall. As the flower buds rose up in early autumn, my mind was already filled with the thought of making the chrysanthemum tea: when the flowers fully bloomed, I would pick and prepare them, and with this tea, brave the cold and harsh Canadian winter.

One early and bright morning, I entered my garden to pick the dew-covered flowers, having read that early morning dew adds extra flavour. But as I stood in the midst of the blossoming flowers, I couldn't bear to pick any of them. When I gazed at the flowers, admiring their beauty, they oozed exquisite appeal, but now that I came with the intention of picking them, they suddenly seemed to emit hostility. Only then, it occurred to me that even flowers have the "chi" that can overwhelm humans.

I hurriedly picked a few buds before running out of the garden with a deflated heart. My disregard for a living being that went through much hardship to arrive at its current state of perfection also added to my guilt. I consoled myself, saying that picking small, insignificant flower buds wouldn't make much difference in the garden as a whole.

Realizing that the flower went through so much hardship over the past few seasons for a single blossoming flower, it only added guilt in my heart.

Autumn filled me with sentimental and idle thoughts. I questioned the purpose of the meandering wind and asked if a chance encounter with a stranger had any lasting meaning. As I reflected on things which I didn't pay much attention to in the past, my casual glance stopped at the withering golden chrysanthemum outside my window.

It was only a short time ago when the vibrant blossoming chrysanthemum reproached me, but now after a touch of frost, it was clear that these flowers were on their last legs. I put aside my philosophical musings and went to the garden carrying a plastic bag.

I picked the scents of autumn in the dwindling garden. The withering golden chrysanthemum begged to be rescued as it leaned on its side. I embraced a bunch and draw them close to my face. The scent of mature flowers enveloped my body; a familiar and yet enigmatic scent.

A North American Indian tribe refers to November as 'a month that is not yet devoid of life.' These are the wise words of a people who understand the cycle of nature which humans cannot rush.

Rather than basking in the freshness of the newly blossomed flowers, I experienced the peace and tranquility of being in sync with the nature.

십이월의 화두

저녁 외출을 하다가 크리스마스 장식을 거창하게 한 동네를 지났다. 집집마다 서로 경쟁이라도 하듯 더 화려하게, 더 크게, 더 개성 있게 한껏 멋을 낸 조형물과 트리들이 저마다 빛을 발하며 눈길을 앗아갔다. 좌우로 고개를 열심히 돌리며 크리스마스트리 터널을 지나는 동안 어딘가에 박혀있던 나의 동심이 꿈틀거리며 시샘 아닌 시샘을 한다.

'저런 것들을 보고 자라는 요즈음 아이들은 얼마나 행복할까. 나는 꿈도 꾸어본 적 없는데.' 하고.

해마다 12월에 접어들면 내 마음을 은근히 짓누르는 일이 하나 있다. 남들은 즐기면서 하는 크리스마스 장식이 나에게는 큰 숙제로 다가오는 탓이다. 그것을 꼭 설치해야만 될까. 한다면 어떻게 해야 할까. 궁리에 궁리를 거듭하지만 쉽게 결론이 나지 않는다. 실내장식이야 기분 내키는 대로 하면 그만이지만 뭇 시선이 오가는 밖은 나름 신경을 좀 써야 하는 게 아닌가. 이웃과 더불어 살면서 튀지는 못할망정 기울어지지 않을 정도의 보조는 맞추어야 하련만 차일피일 미루다 보면 번번이 시기를 놓치기 일쑤다.

올해도 어김없이 갈등 속에 있다가 용기를 내서 전지가위를 들었다. 집 모퉁이에 서 있는 호랑이 발톱나무 가지를 가시에 찔려가며 한 아름 잘랐다. 그리곤 일 년 내내 차고 구석에 있던 항아리와 자작나무 둥치를 꺼내어 가지들을 수북이 꽂았다. 하얀 자작나무 지주에 파란 잎과 빨간 열매가 조화를 이루어 제법 분위기가 났다. 빨간 벨벳 리본도 몇 개 걸고 꼬마전구로 연결했더니 그런대로 봐 줄만 했다. 내친김에 조금 더 욕심을 내려다가 주춤했다. 초자 실력으론 감당이 안 될 만큼 화려한 이웃집의 작품들이 눈에 밟혀 무리수를 둘 수가 없었다.

처음 이곳에 정착했을 때 가장 부러웠던 것 중의 하나가 할로윈이나 크리스마스 같은 축제일을 즐기는 모습이었다. 아이들의 눈높이에서 함께 꾸미고 즐기는 어른들의 여유가 생경하면서도 아름다웠다. 세상 모든 아이들의 의식 속에 자리 잡고 있는 월트 디즈니의 '미키마우스'나 '이상한 나라의 엘리스' 혹은 '해리포터' 같은 캐릭터들은, 작가의 이런 생활방식이 밑바탕되어 탄생하지 않았을까 하는 생각을 하면서도 쉽게 그 쪽으로 접근이 안 되는 것은 어쩔 수 없는 노릇이다. 크리스마스 장식은커녕 크리스마스 선물도 받아보지 못하고 자란 세대이기에 이 시즌에 갖는 부담감은 어쩌면 당연한 일인지도 모른다. 크리스마스의 본질에서 많이 어긋나 있는 작금의 시류에 편성하기보다 내 방식대로 아기 예수의 탄생을 축하하며 한 해를 마무리해야겠다.

12월도 중반을 향하고 있는 지금, 무사히 한 해를 살아 낸 뿌듯함과 동시에 또 한 해를 떠나보내야 하는 허전함이 교차한다. 해마다 이맘때면 느끼는 기분이지만 어쩔 수 없다. 얼마 남지 않은 올해의 마지막을 어떻게 마무리할까 하다가 아이의 전자메일이 생각났다. 며칠 전 객지에 나가 있는 큰아들에게서 가슴 찡한 소식이 왔다. 집안의 대소사에 참여하지 못하는 아쉬움과 함께 내년엔 온 가족이 모두 모여 행복하게 살자는 희망 메시지 끝에 진심 어린 한 문장이 내내 가슴을 얼얼하게 했다.

　　'아버지 어머니가 많이 그립습니다.' 아이의 힘겨운 타지 생활이 그대로 느껴져 잠시 눈시울을 적시긴 했지만 정감 어린 그립다는 표현이 그렇게 신선할 수 없었다. 가까운 사람끼리 이심전심도 좋지만 표현에도 게으르지 말아야겠다는 생각이 들었다.

　　어머니 그립습니다.
　　친구야 보고 싶다.
　　여보, 사랑해요.

　　갈수록 사용 빈도가 줄어드는 이 아름다운 말들이 다시 생기를 찾을 수 있도록 얼마 남지 않은 올해 많이 애용할 참이다.

2부

사막의 일몰을 쫓아갔다가

덜 채우는 슬기를

임진년 새해 달력이 내걸린 지 벌써 일주일째다.

밖에서는 흑룡의 비상(飛上)을 연일 주지시키지만 내 안에선 그저 덤덤한 한 해의 시작일 뿐이다.

나이가 들면서 무디어 가는 것 중 하나가 세월의 흐름이라더니 역시 그런가 보다. 떠들썩한 망년회에서의 감흥도 희망찬 새해의 설렘도 줄어들고 시간만 급하게 내달리고 있는 듯하다.

부엌 싱크대 앞에 섰다. 정면에 걸린 달력에 시선이 멎는다. '일월'이란 활자에서 풍겨오는 뉘앙스는 차가우면서도 정갈한 느낌이다. 언뜻 설원의 소나무 숲이 연상되고 미지에 대한 경이로움과 약간의 두려움도 엄습해 온다. 올해는 어떤 일들로 저 무언의 날들이 채색되어질까. 흐린 날보다 맑은 날이 더 많았으면 하고 희구(希求)해 본다. 새 달력에 시선을 고정한 채 한 해의 염원을 풀어내도 '일월'은 여전히 냉기를 띤다. 자신의 등에 업힌 무수한 날들을 희망대로 운용(運用)하라는데도 방만한 자세로 일관하는 탓일 게다. 세제 범벅인 그릇들을 맑은 물에 헹구며 '식구들의 무탈과 그들이 뜻하는 바를 이루는 한 해가 되었으면' 하고 때늦은 소망을 읊조려 본다. '일월'은 그런 나를 차갑게 응시하며 에둘리지 말고 너 자신의 바람을 가져보란다.

나는 손이 큰 사람이다. 맏며느리의 근성인지는 몰라도 음식은 무조건 많이 해야 직성이 풀린다. 종종 남은 음식 때문에 곤욕을 치르기도 하지만 빠듯함보다는 넉넉함이 몸에 배어 편한 대로 한다. 오늘도 큼직한 스테인리스 용기에 만두소를 버무린다. 양을 줄인다고는 했지만 십여 가지 재료가 섞이다 보니 또 만만치 않은 양이 되었다. 빠듯한 시간에 만들고 쪄내야 할 과정이 은근히 부담으로 다가온다.

늦은 저녁 아들내외와 만두를 빚는다. 쟁반 위엔 두 가지 모양의 만두들이 차곡차곡 자리를 잡아간다. 속을 두둑하게 채워 오동통한 모양새를 가진 놈들은 우리내외 솜씨이고 좀 빈약해 보이긴 해도 주름을 잡아가며 모양을 한껏 낸 놈들은 아이들 솜씨다. '만두 맛은 속맛'이라며 속을 더 채우길 채근해도 아이들은 듣는 둥 마는 둥 저희들 뜻대로 손을 놀린다.

부지런히 만두를 쪄낸다. 열탕 속에서 풀려 난 놈들을 쟁반마다 그득하게 담아 한 김을 뺀다. 부자 부럽지 않은 마음으로 하나하나 손질하다 보니 예전에 비해 터진 놈들이 현저히 줄어든 듯하다. 모양새나 쓰임새나 터진 만두만큼 만든 이의 정성을 무색하게 하는 게 또 있을까. 이번엔 특별한 비법을 차용한 것도 아닌데 좋은 결과가 나오니 흔쾌한 마음 되어 면면을 살펴본다. 근데 웬걸, 터진 놈은 전부 우리내외 솜씨이고 아이들이 만든 것은 하나

같이 말짱하다. 더구나 생김새도 돼지와 사슴의 차이라고나 할까. 오랫동안 해결되지 못했던 문제가 맥없이 결론이 난다. 해답은 의외로 간단했다. 맛을 내세우며 제한된 만두피를 넓혀가며 속을 가득 채운 오랜 숙련자의 솜씨와 주어진 규격 하에서도 맛과 멋은 물론 효용성까지 잡은 비숙련자들의 솜씨가 그것이었다. 옳지, 올해의 화두는 덜 채움이다.

주변을 관조한다. 수납장, 냉장고, 옷장 등등 하드웨어는 물론 소프트웨어까지 허접한 것들로 포화상태다. '여백의 미학'이란 어구는 철학자의 소관으로 일관하고 채우기에만 열중했던 지난날을 반추한다. 비우고 줄이면서 덜 채우는 해, 나의 2012년은 터지지 않는 만두를 만들어 가는 해이다.

주고 싶은 한마디

　차고를 정리하다가 빈 맥주병 상자에 눈이 갔다. 평소 같으면 우선순위로 내어놓을 터이지만 오늘은 조금 더 안쪽으로 밀어 넣는다. 혹시 또 올지도 모를 그들을 위해 당분간 보관하기로 한다. 건조한 일상에 잔잔한 여운을 남기고 간 그들, 다시 기회가 온다면 기꺼이 함께 하리라는 마음에서다. 빈 맥주병으로……

　몇 주 전 어느 일요일 아침이다. 밀린 일들을 처리하며 느긋하게 여유를 부리고 있는데 누군가가 벨을 눌렀다. 나는 주말 아침의 여유를 깬 불청객을 어찌하랴 생각하며 마지못해 현관으로 갔다. 밖의 동정을 살피며 막 문을 열려는데 십여 살 정도의 여자아이가 급하게 지나가는 모습이 창으로 보였다. 안에서 주춤거리는 사이 아이는 빈집으로 여긴 모양이었다. 아이를 돌려 세운 미안함에 황급히 문을 열었지만 그사이 그림자도 보이지 않았다.

　나는 아이가 간 방향을 지켜보며 다시 올지를 가늠하며 섰는데 가까운 거리에서 웅성거리는 소리가 들려왔다. 생경한 소리에 그쪽을 보니, 까만 중형트럭이 서행해 오고 있었고 흰 목장갑을 낀 백인청년이 근엄한 표정으로 양쪽 주택들을 두리번거리며 뒤따르고 있었다. 또한 그와 비슷한 또래의 말쑥하게 생긴 청년이 여자아이를 대동한 채 건넛집들을 들락거리는 모습도 눈에 들어왔다.

이른 시간에 그토록 의미심장한 행렬은 무엇이며 동네 안의 술렁임은 또 무엇인지 얼른 감이 오지 않았다. 곧이어 나의 호기심을 자극하듯 각양각색의 맥주병 상자를 실은 트럭이 집 앞을 서서히 지나갔다. 설마 이동식 맥주 판매대는 아닐 테고 저건 뭐지? 하는 순간 호위무사 같던 그 청년이 벙글거리며 옆집에서 빈 맥주병 상자를 양손에 하나씩 들고 나왔다.

그제야 가가호호 돌며 빈 맥주병을 수거하고 있음을 알게 됐다. 유추해보니 얼마 전 다녀간 아이는 그들과 일행으로 빈 병의 유, 무 혹은 주민들의 협조를 구하는 전령인 셈이었다.

나는 아예 자리를 잡고 앉아 그들의 추이를 한동안 지켜보았다.

꽤 많은 이웃들이 그들의 바람에 호응하고 있었고 어떤 이들은 상자를 트럭으로 직접 날라다 주기도 했다. '저런 사람들이 내 이웃이었던가' 할 정도의 생소한 이들이 담소를 나누며 열의를 다하는 모습도 보였다. 주민들의 잔잔한 움직임은 썰렁하던 골목 안에 생기를 돌게 했다.

'이것들을 비어 스토어에 가지고 가면 몇 푼 챙길 텐데' 하는 소심형 주(酒)군의 셈 같은 것은 끼어들 여지가 없는 분위기였다. 그들이 지나는 곳은 마치 운동경기장에서 파도타기 응원을 하는 것처럼 잠시 술렁였다가 가라앉고 다시 술렁이곤 하였다.

고요한 휴일 아침을 흔드는 그들의 행위가 과히 밉지 않았음은 물론, 그토록 높은 호응을 이끌어내는 저력은 과연 어디에서 온 것일까 궁금증이 일었다. 승리의 깃발을 흔들듯 박스를 출렁이며 멀어져가는 그들을 보며 기획성, 진정성, 차별성, 유연성 같은 단어들이 자연스레 어울려서 빚어낸 무채색 화병 같다는 생각을 했다. 휴일을 반납한 채 두 가족이 이루고자 한 목표는 휴가 경비 조달을 위해서 혹은 그것보다 더 절실한 무엇일 수도 있을 것이다. 목표의 경중을 떠나 한결같은 자세로 다가서는 모습이 주민들의 마음을 움직이게 한 원동력이 아닐까.

'어디서 무엇을 어떻게 하건 저 할 탓에 달렸다.'던 옛 어른들의 말씀을 그들에게 주고 싶다.

더도 덜도 말고 그 모습 그대로 라면 무슨 일에서건 백발백중이라는 덕담과 함께.

메리네 고목에
마리오네 체리가 열렸으면

요즘 우리가족은 풍요 속의 빈곤을 뒤뜰에서 체험한다. 나날이 검붉게 익어가는 이웃집의 체리들을 넘겨다보며 눈요기로 맛을 가늠하다가도 간간이 못 가진 자의 속내를 풀어내기도 한다.

'마리아네 체리나무는 고목이지만 알맹이가 작아서 탈이야.'

'어휴, 건넛집 체리는 얼마나 지 멋대로 생겼는지…. 나무 손질을 안 하니깐 뻔하지 뭐.'

'올핸 저쪽 마리오네 체리가 제일 먹음직해. 사시사철 뜰에서 살더니 저 정도는 되어야지.'

싱그러운 잎사귀 사이사이로 상큼한 열매를 물고 서 있는 이즈음의 체리나무는 늘 우리가족에게 부러움의 대상이다. 하지만 내년부터는 이런 마음이 조금 수그러질 것 같다. 일찍이 이식한 묘목이 서서히 자리를 잡아가고 있는 덕택이다. 올봄, 작은녀석이 튤립을 닮은 아이와 혼례를 올렸다. 때마침 이른 봄철이라 새 식구를 맞아들인 기념으로 식수를 하기로 했다. 우리부부는 어떤

나무가 좋을지 궁리를 하다가 유실수 중에서 꽃은 물론 호흡이 긴 배나무를 권했다. 하지만 화사한 신혼부부는 이구동성으로 체리나무를 원했다. 그들의 분위기에 꼭 맞는 꽃과 열매를 소유한 나무라 더 바랄 나위가 없었지만 한 번 실패한 전적이 있어 좀 망설여졌다. 이번 식목은 결혼기념수란 소명을 가진 만큼 되도록 거리낌이 없는 종류로 심고 싶었으나 주인공들의 의사에 따르기로 했다.

어느 날, 남편과 나는 좋은 묘목을 찾아 화원을 전전하다가 엉뚱한 곳에서 발길이 묶였다. 자연의 향취가 물씬거리는 주인 앞에 십여 그루의 묘목들이 얼기설기 펼쳐져 있었기 때문이다. 기계에서 뽑아낸 듯, 매끈매끈한 나무들에서는 동하지 않던 마음이 제멋대로 자란 놈들을 만나자 선뜻 다가가서 요모조모 훑어보았다. 아마도 모양보다 내실을 기하라는 눈이 한 번의 실패에서 뜨였던 모양이다.

드디어 키는 컬 자랐으나 접목부문이 단단하고 이식하기에 적합한 수령의 묘목을 고를 수 있었다. 콩알만 한 체리 몇 개가 앙증맞게 매달린 묘목을 본 아들내외는 눈을 반짝이며 기뻐했다. 식목은 온 가족이 함께 했으면 좋으련만 서로 시간이 여의치 않아 그들에게 맡기기로 했다. '나무를 심을 땐, 구덩이를 크고 깊게 판 다음 흙과 거름을 적당하게 섞어야 하며 식수가 끝난 다음에는 물을 충분히 주고 컬 자란 지점을 전지해 주라'는 식목요령도 일러주었다.

퇴근하고 뒤뜰에 나가보니 조그마한 새 식구가 새초롬히 서 있었다. 생김새가 썩 신통하지 않던 나무였는데 제자리를 잡고 나니 모양도 단아하고 새로운 분위기가 들어 좋았다. 이번 식목은 의미를 담은 만큼 실패 없이 잘 자라주었으면 하는 바람으로 전지부분을 살펴보았다. 그런데 아무리 보아도 전지를 한 자국이 보이지 않았다. 껑충하게 겉 자란 부분은 분명히 있는데 전체적인 균형미가 처음과 달라서 아이에게 물었더니 돌아온 대답이 걸작이었다.

"엄마가 땅을 깊이 파라고 해서 1미터 넘게 파느라 어젯밤 늦도록 혼났어요."

뿌리가 쉽게 내릴 수 있도록 여분의 땅을 파서 부드럽게 고른 다음 적당한 지점에 심으리라 예상했던 나의 기대가 엉뚱하게 흘러버린 것이다. 이튿날 아침, 남편은 깊이깊이 파묻힌 묘목을 파내느라 또 한나절을 보냈다. 저희들 딴엔 잘한답시고 야무지게 다져놓은 땅이 몇 시간 만에 아비를 힘들게 할 줄 꿈엔들 생각했을까. 잔뿌리 하나라도 다칠세라 조심 또 조심하며 정성을 다하는 그이의 등줄기에 어느덧 땀이 흥건히 젖어 있었다.

"어이쿠, 접목한 부분이 저 아래 있네." 땅을 파 내려가던 남편이 실소를 금치 못한다.

이론에는 밝지만 실전에 어두운 요즘 세대들이다. 이제 막 걸음마를 시작한 새내기 부부가 앞으로 얼마나 더 이런 일을 겪어야 하는지 모른다. 한 번 실족할 때마다 더 큰 깨우침을 얻고 일어나는 지혜로운 부부이길 빌어본다.

아이들이 열성으로 가꾸어 갈 우리 집 체리나무는 언젠가 메리네 고목에다 마리오네 체리 같은 열매가 열렸으면 좋겠다.

나도 몰랐던 내 안의 '그'

온타리오 호숫가를 지날 때면, 늘 물기 촉촉한 친정어머니의 두 음성이 들린다. 쾌청한 날은 '그래, 이민 오길 잘했다. 이렇게 좋은 환경에서 사는 너희들을 보니 이젠 안심이다. 열심히 살아라.'라는 음성이 물비늘을 일으키며 조곤조곤 들려온다.

흐린 날엔, 격노의 파도 위에 가시 돋친 음성이 실려 있다. '가자. 돌아가자. 이정도 노력이면 어디선들 못 살겠냐? 환경이 좋으면 뭐하니, 누릴 시간이 없는데…' 아버지의 마른기침 같은 갈매기 울음이 함께 섞여 변죽을 친다.

토론토에 정착한 지 삼 년정도 되었을 무렵 친정부모님이 다녀가셨다. 하루 24시간 영업하는, 조그만 커피전문점을 운영하고 있던 때라 가장 힘든 시기였다. 부모님은 도착한 지 이틀 만에 우리의 형편을 파악하고 머무시는 동안 내내 한국으로 돌아갈 것을 종용하셨다. 하지만 불효를 하면서도 끝까지 부모님의 권유를 받아들이지 못했던 것은 이곳의 교육에서 희망을 보았기 때문이었다.

아이들이 초등, 중등과정을 거쳐 대학에 진학하는 동안 우리의 결정이 잘못되지 않았음이 누누이 확인되었다. 늘 입버릇처럼 얘기했던 전인교육, 산교육이 거창한 구호 없이 이루어지고 있음을 지켜보며 나는 엉뚱한 꿈을 꾸게 되었다. 기회가 된다면 나도 한 번 이곳의 산교육을 받아보고 싶다고. 하지만 학교는 언제나 열려 있었으나 시간이 문제였다. 우리 부부는 아이들이 학업을 마치면 안식년을 갖기로 하고 그때를 기다리기로 했다.

작은아이가 사회 초년생이 되어 바쁘게 뛰어다닐 무렵, 운영하던 가게를 정리하고 2년간의 안식에 들어갔다. 나는 곧바로 인근의 한 고등학교에서 학년 배정을 위한 시험을 치르고 준비해간 서류를 바탕으로 교육상담을 받았다. '왜 공부를 다시 하려느냐?'는 상담교사의 질문에 나는 '대학을 가기 위해서'라고 답했다. 얼떨결에 대답을 해놓고 보니 막연했던 목표가 또렷해졌다. 조용하게 치러지던 대학입시, 꼭 체험해보고 싶던 과정이었다.

며칠 후 결과가 나왔다. 대입시험 응시에 필요한 40학점 중 나의 전적으로 36학점이 주어졌다. 나머지 4학점만 보충하면 응시자격은 되었지만 필수과목들을 이수해야만 했다. 수강해야 될 과목들은 영어 10, 11, 12학년, 수학 12, 컴퓨터 초, 중, 상급이었고 지리과목은 자의로 택했다. 한 학기에 세 과목을 넘기지 못하도록 규정되어 있어서 모두 마치려면 세 학기가 필요했다. 늦은 나이에 만만치 않은 대장정이었으나 내 안에서 묘한 쾌감이 스멀거렸다. 도전의 묘미를 즐길 준비가 되었다는 의미였다.

구월 어느 날, 아이들은 사회인이 되고 반대로 나는 학생이 되었다. 새내기 고등학생처럼 설레는 마음으로 10학년(고1) 첫 영어 시간을 맞았다. 백인할머니 선생님이 흥분한 몸짓으로 준비해 온 프린트를 학생들에게 나누어 주었다. 말이 학생이지 20세 이상의 성인들만 입학이 허락된 고교과정(credit course)이다 보니 연령 층도 다양하고 다국적 출신들이었다. 하지만 배우려는 의지가 얼굴마다 긴장감으로 표출되어 선생님의 신나는 동작과는 묘한 대비를 이루었다. 나는 주어진 유인물을 넘겨보다가 가슴속으로 찐한 감동의 회오리가 일었다. 애송시, 로버트 프로스트(Robert Frost)의 〈가지 않은 길〉이 살아 있는 시어로 변신하여 나의 시야에 들어왔기 때문이다. 삼십여 년 전, 고교 교과서에서 처음 만난 이후 삶의 갈림길에 설 때마다 암송해 보는 그 시를 첫 시간에 만난 것은 감격이었다.

황혼기에 접어든 노 교사의 시낭송을 들으면서 첫 수업의 긴장된 분위기가 부드럽게 생기를 띠었다. 한 편 한 편 더해 갈 때마다 우리는 마음의 벽을 허물고 아득하게 먼 그 시절로 돌아가고 있었다.

상큼하게 시작된 영어 수업은 시간이 지날수록 강도가 높아갔다. 매일 매일 읽어야 할 책들과 써서 내야 할 에세이들을 해결하느라 진땀을 흘렸지만 하면 할수록 마약중독과도 같았다. 옛날의 그 지겹던 숙제며 시험은 많을수록 좋았고 하나씩 해결할 때마다 묘한 희열을 느꼈다. 학창시절의 공부는 성장에 필요한 필수 영양소를 위한 과정이었다면 장년기의 그것은 삶의 질을 윤기 나게 하는 호쾌한 여행이었다.

첫 학기에 영어와 컴퓨터 과목을 생각보다 좋은 점수로 마무리

하고 두 번째 학기로 접어들었다. 11학년 영어로 들어서니 시험이나 각종 리포터에 매겨진 점수가 절로 얻어지는 게 아니었다. 시간과 노력을 들인 만큼 나타나는 점수는 곧바로 내신 성적으로 연결되어 모두 긴장의 끈을 조여서 수업에 임하는 눈치가 역력했다. 차츰 시험이나 프로젝트에서 패스를 못하는 학생이 생겨나고, 원하는 만큼 성적이 안 나오면 학기를 포기하여 다음 학기를 기약하는 학생도 늘어났다. 점수 관리에 만전을 기하는 모습들이 여느 입시생과 크게 다를 바 없었다.

이런 상황 속에 한 젊은 영어교사의 특이한 수업 방법이 긴장된 교실 분위기를 완화시켜 주었다. 그는 마치 소림사 무술을 연기하듯 교탁 위를 껑충 뛰어오르거나 교실을 뛰어다니며 흥미롭게 수업을 이끌어 가더니 서서히 본색을 드러내기 시작했다. 영어와 연극을 접목시키는 작업이었다. 다소 엉뚱했던 교습 방법은 쉽게 연극으로 다가가게 하려는 수순이었던 셈이다. 접근 방식도 이름난 희곡이 아닌 일상적인 대화를 인용하여 대사를 만들고 그 대사를 연결하여 간단한 희곡을 쓰게 하는 역방향이었다. 이렇게 만들어진 대본을 바탕으로 팀을 짜서 연극 연습을 했다.

오십 대에 영어 연극을 하게 될 줄이야 그야말로 인생무상이었다. 몸치였던 내가 차츰 연기에 자신감이 생길 즈음, 교실의 작은 무대에서 실연을 했다. 점수의 마력은 생각보다 대단하여 모든 학생들의 허울을 보란 듯이 벗어던지게 했다. 작은 결실을 위한 자축 파티가 채 끝나기 전에 마지막 프로젝트가 떨어졌다. 학기말 시험을 대체하는 한 편의 연극을 학교 대극장에 올리는 요지였다.

작품은 창작을 하던 기존 작품을 각색하던 자유였지만 진행과정을 세 차례에 걸쳐 제출해야 했다. 순간 암담했지만 선 경험이 있는데다 그룹 활동이어서 그나마 의지가 되었다.

우리 팀은 곧바로 회합을 갖고 각자의 아이디어를 풀어냈다. 전초전에서 뭔가가 포착되었던지 학생들은 나를 리드로 지명했고, 작품은 신선하게 창작으로 결정했다.

다음날 한 편씩 써온 이야기들을 돌려가면서 읽어보고 그 중 잘된 내용을 골라 희곡을 써 보았다. 똑같은 내용으로 다양한 대사가 나올 수 있는 것은 그룹 활동의 진수였다. 좋은 대사를 간추려 틀을 만든 다음 선경험에 의해 배역을 정하고 서서히 대사를 맞추어 나가면서 교사의 의견도 수렴하니 제법 그럴듯한 연극 냄새가 나기 시작했다. 이때가 2학기 후반부였는데 정규수업은 이 작업으로 대체되었고 교실 구석구석에서는 각 그룹들이 최대한 노출을 꺼리며 연습에 임하고 있는 모습들이 실전을 방불케 했다.

이 시간을 통해 내 자신이 놀랐던 점은, 언제부터인가 내가 대본을 펼쳐 들고 그룹 개개인의 연기지도를 하고 있었다는 사실이다. 어쩌다가 다른 팀에서 결원이 생기면 바로 투입되어 보강해 주는 역할 또한 내 몫이었다. 속으론 내 몫의 연기 방향을 생각하면서 눈과 손은 또 다른 역할을 하고 있었으니 내 안에 또 다른 내가 움직였던 셈이다. 순간순간 그러한 역할들이 내 적성에 꼭 맞는 느낌까지 들었다. 바로 숨은 재능 발굴이랄까. 서서히 실전의 날이 다가오면서 나의 총감독 역할은 신바람을 날리며 마무리 작업에 들어갔다.

드디어 실전의 날, 대강당 중앙에는 촬영카메라가 설치되었다. 점심시간 전후로 잡혀진 시간대라 일반학생, 성인학생들이 자유롭게 자리했고 학교장을 비롯한 담당교사들이며 수업이 없는 교사들도 함께 나와 채점표를 들고 대기하고 앉았다. 무대장치, 분장, 조명 등 모두 완료되자 담당 교사의 큐! 사인과 함께 한 팀씩 혼신을 다하여 무대를 꾸며갔다. 우리 팀도 기대 이상으로 열연을 했고 역시 관중과 무대, 의상 등 연극에 필요한 요소들을 갖추고 나니 작품의 완성도가 한층 높아졌음을 실감할 수 있었다.

나는 객석에서 다른 팀 공연을 보며 속으로 두 개의 그림을 비교하고 있었다. 몇 달 전 처음으로 연극이란 단어를 입에 올리며 어리둥절해 했던 모습과, 지금의 변화 된 모습을. 쓰기, 듣기, 말하기가 총망라된 연극이야말로 영어교육의 진수이며 이러한 과정들이 산교육이었다는 사실이 체험적으로 느껴졌다. 교육이란 '무'에서 '유'를 창조하는 마법과도 같다는 생각을 하며 다른 한편으론 '나의 학창시절에 이런 교육을 받았다면 지금과 다른 삶을 살지 않을까.' 하는 즐거운 상상도 이 시간이 준 소득이었다.

매 시간 뛰고 솟기를 거듭하며 세 학기를 무사히 마치고 생업에 복귀했다. 세 장의 대학합격증을 줄줄이 받는 순간, 한 편의 연극을 보는 것처럼 짜릿한 전율이 온몸으로 퍼졌다. 부모님께 괜찮은 연극 한 편 보여 드릴 수 있어 기뻤다.

요즘도 호숫가를 지나면 여지없이 어머니의 음성이 들린다. '그래 잘했다. 역시 내 딸이다.' 하고. 다행이라면 흐린 날보다 맑은 날이 많아졌음이다.

지리산 채옥 할머니의 메시지

손녀 리아에게 몇 살이냐고 물으면 아이는 검지와 중지로 브이 (V) 자를 만들며 '두 살 하고 자신 있게 외친다. 이를 본 어른들이 엄지를 세워주며 세 살임을 강조해도 아이는 부자연스런 손가락을 접으며 '아니야, 리아는 두 살이야.' 하며 팔을 더 높이 치켜든다. 숫자 3으로 도배된 생일잔치를 한 지 두어 달이 지났건만 아이의 인지는 아직도 세 살 안으로 들어서지 못했나 보다.

아이의 생떼가 요즈음 내 마음과 같아서 '그래 세 살은 하고 싶을 때 하자.'며 아이를 안아서 볼을 부빈다.

새해가 되면 설날 떡국과 함께 자연스레 한 살씩 더해지던 나이를 몇 년 전부터 생일날로 미루곤 한다. 서양에 살면서 나이도 여기의 관습에 맞춰야 한다는 지론에서다. 하지만 막상 그때가 되면 '한 달 남짓 남은 새해에, 그러다가 설날에…' 하면서 고무줄 늘어뜨리듯 나이를 마음대로 늘려 잡기 일쑤다. 그러다 때때로 정확한 내 나이를 읊어보곤 우울한 기분에 들기도 한다.

수명 백세시대에 나이는 숫자에 불과하다지만 쇠퇴해 가는 신체의 기능은 작년보다 올해가 다르고, 마음만 먹으면 무엇이든 가능했던 일들이 하나 둘 줄어드는데 대한 상실감 내지 무력감에서 애꿎은 나이만 탓하는 자신이 부끄럽기도 하다. 이런 나를 꾸짖기라도 하듯 최근 모 방송국 〈인간극장〉이라는 프로그램에서 방영한 지리산 어느 할머니의 일상은 죽비로 내리치듯 정신을 번쩍 들게 했다.

시리즈로 방영된 일주일 동안 잔잔한 여운과 함께 끌어올려진 긍정의 힘은 앞으로의 삶에서 나이는 큰 제약이 아님을 일깨워 주었다.

지리산 해발 700m 고지의 어느 골짜기에 한평생 억새풀처럼 살아가는 채옥(76세) 할머니가 있다. 지리산에서 나고 자라 현재의 지리산 자락에 일가를 이룬 할머니는 이십 초반에 아들 하나를 얻자마자 청상과부가 되었다. 지리산 하면 산새 험한 것은 기본이요, 자연 또한 여자의 힘만으로 대항하기 벅찬 그곳에서 바람이 불면 바람결 따라 누웠다가 일어서고 한파가 몰아치면 그 속에서 강인함을 키워 새움으로 발돋움하기를 칠십여 년, 지금은 지리산의 일부분이 되어 어두운 주변을 환하게 밝히며 쉼 없이 달리고 있는 할머니이다.

카메라 앵글은 할머니의 사 계절 활동영역을 가감 없이 잡아주었다.

가을철이면 간편한 플라스틱 지붕 대신 자신의 인생역정을 닮았다는 억새풀을 베어다 말리고 간수하여 억새 지붕만을 고집하는 우직함, 눈 쌓인 산야를 돌며 나무 삭정이를 주워 나르면서도 야생동물이 지나는 자리에 먹을거리를 놓아주는 따뜻함, 산비탈을 개간하여 힘들여 지은 농산물을 거동이 불편한 형제자매들을 일일이 찾아다니며 나눠주고 돌보아 주는 가족애, 기억 자로 굽은 허리를 지팡이에 의지하며 봄에는 산나물 채취, 여름엔 지리산을 찾는 등산객들에게 음식과 쉼터를 제공하며 삶을 영위해 가는 꿋꿋함 등에서 노년기의 허망함 따위는 발붙일 틈이 없어 보였다. 할머니의 일상사를 들여다보며 문득 이런 말이 스쳐 지나갔다.

'아무렇게나 사는 마흔 살 사람보다 열심히 일하는 일흔 살의 노인이 더 명랑하고 희망적이다.'라는.

할머니의 일상에서 특이한 점은 세상과 단절된 환경이나 노령에 굴하지 않고 의욕과 노력으로 세상과 소통하고 있음이다. 다른 사람들은 운전대를 놓을 시기에 어렵게 운전면허를 따서 자신은 물론 이웃들의 불편함을 해소하는가 하면, 겨우 한글을 터득한 수준으로 컴퓨터를 배워 블로그를 운영하기도 한다.

철철이 주변 환경을 사진 찍어 블로그에 올리면 그녀의 팔로우들은 지리산 자연을 간접으로 접하며 감사의 댓글을 올린다. 담당 PD에게 답글을 일일이 올려주고 싶어도 글 쓰는 실력이 부족하다는 하소연은 애잔함을 넘어 찐한 감동으로 다가왔다.

어디 그뿐인가. 평생 노동으로 인해 뭉툭하고 굳어진 손가락으로 피아노를 배운다. 그리고 매일 밤 방바닥에 엎드려 일기 쓰기도 게을리 하지 않는다. 시시때때 '바쁘다 바빠' 하고 외치면서도 피아노 연습과 일기 쓰기에 열중인 할머니의 궁극적인 목표는 노래 한 곡 제대로 쳐 보는 것과 어설프지만 자신의 삶을 시로 표현해 보는 것이라 한다. 앞으로도 배우고 싶은 것과 하고 싶은 게 너무 많아서 힘은 들어도 신이 난다는 그녀는 발그레한 볼을 감싸며 열일곱 소녀의 모습으로 잠시 카메라를 응시하다가 방바닥에 납작 엎드린 낡은 전자오르간에 손을 올린다. 지리산 눈 속에 파묻힌 조그만 초가에서 할머니의 숨결 같은 피아노 소리가 한 음 한 음 따뜻하게 이어지며 끝을 맺었다.

소박하면서도 담백하게 엮어낸 다큐멘터리가 감동을 주는 건 주인공 할머니의 진솔하고 희망적인 메시지가 전면에 포진하고 있었음이리라. 물리적인 거리, 신체적 불편함, 고령의 나이 등 모두 무시하고 자신의 삶을 열심히 개척해 가는 긍정적인 할머니의 모습에서 나의 미래를 꿈꾼다.

나이는 그냥 숫자일 뿐, 불모지를 개척하듯 다방면으로 꾸준히 일구어 가꾸는 일에 매진하리라 다짐하면서.

단꿈을 깨우는 소리

　요즘 들어 무엇엔가 몰두해 있을 때 내 안에서 아리랑 가락이 자연스레 흘러나온다. 잔잔한 허밍으로 혹은 즉흥적인 가사를 붙여가며 집안일을 줄여나갈 때 안성맞춤이다. 혼자서 흥얼거리니 명창이 아니어도 들어줄 만하고 무엇보다 힘들이지 않아도 술술 나오는 그 노래는 꼭 중간에서부터 시작된다.

　'청천하늘엔 잔별도 많고……'

　어느 날 잠자리에 들다가 헤드 테이블에 놓인 L선생의 수필집이 눈에 들었다. 아리랑 노랫말에서 책제를 뽑은 〈청천하늘에 잔별도 많고〉. 평소 무심하게 흥얼거렸던 노랫말이 활자로 읽혀지니 의미심장하게 가슴에 박혀왔다. '청천하늘에 잔 별이라.' 갸우뚱하는 나에게 잠을 청하던 남편이 한마디 거든다. '노란 하늘에 별 터지는 소리 그만하고 잠이나 자자.'

　청천하늘에서 노란 하늘로 이어지는 하늘빛의 변주에 숨어있던 잔별들은 오묘함이나 찬란함과는 거리가 먼 광경들이었다. 하늘색이 온통 울긋불긋해지며 큰 별 작은 별 쾅쾅 터지던 순간이 어디 한두 번이었던가. 옆에서는 숨소리가 깊어 가는데 나는 눈앞에서 번쩍이던 숱한 별들을 떠올리며 잠 못 드는 밤이 되었다.

가끔 누군가가 젊은 시절로 되돌아가고 싶으냐고 물어오면 나는 서슴없이 머리를 흔든다. 젊음이 아무리 싱싱하고 아름다운들 굽이굽이 넘어야 할 태산을 감내할 자신이 없어서다. 하지만 요즈음엔 옆집 새댁을 보며 조금 변화가 생겼다. 그녀에 대해 특별히 아는 것은 없지만 안정적인 환경에다 자신의 길을 묵묵히 가는 모습에서 저정도의 여건이라면 한번쯤 그 언저리로 돌아가고 싶다는 생각을 한다. 물론 내가 지나온 삶과는 다른 궤적이어야 할 것이다.

부엌 개수대 앞에 서면 옆집 창이 엇비슷하게 보인다. 나는 종종 호기심 어린 눈길로 그 창을 기웃거리며 단순노동의 무료함을 달랜다. 아마도 창 안엔 책상이 놓인 듯하고 거기에는 무언가에 몰두해 있는 인기척이 자주 잡힌다.

오늘처럼 흐린 날엔 대낮에도 스탠드 불이 켜져 있고 햇볕이 좋은 날은 블라인드를 움직이며 채광을 조절하는 손길이 가깝게 느껴진다. 나는 오랫동안 책상에 앉아 뭔가에 열중하는 그녀의 직업은 필시 작가이리라 단정해 놓고, 오늘은 무엇을 썼을까, 진도는 얼마나 나갔을까, 나름대로 궁금함을 키운다. 그러다가 어느 사이 만능 글쟁이를 거기에 앉혀놓고 시시각각 그녀를 궁굴린다.

눈발이 흩날리는 이런 날은 소설을, 마음이 헛헛한 날은 수필을, 땅거미가 내리는 저녁에는 시인으로 둔갑시켜 무한한 상상력을 동원한다. 그것은 상상만으로도 달콤하다. 기혼녀의 이십 대 후반은 대부분 자기 자신을 버리고 사는 시기이다. 결혼, 출산, 육아로 이어지는 여자의 길에서 자신을 찾기란 쉽지 않기 때문이다. 나의 힘겹던 시절에 비해 단출하면서도 진취적인 삶을 사는 그녀가 부럽기도 했다.

그런 어느 날 나의 꿈을 깨우는 일이 생겼다.

아침 출근의 번잡함이 끝난 고요한 시간에 맹수의 포효 같은 엄청난 외침이 들려왔다. 호기심에 창밖을 보니 휴대폰을 어깨에 걸친 옆집새댁이 양팔을 허우적거리며 고래고래 소리를 지르고 있었다. 무엇엔가 분을 삭이지 못한 그녀는 선 자리에서 펄쩍펄쩍 뛰기도 하고 좁은 담장 안을 정신없이 오락가락하기도 했다. 꽤 긴 시간 동안 누군가와 심한 언쟁을 벌이고 있는 그녀를 보면서 씁쓸한 마음 금할 수 없었다.

청천하늘에 숨어있던 잔별들이 한몫에 터져서 평온한 일상을 뒤흔드는 삶의 뒤안길, 색깔만 다를 뿐 누구도 비껴 갈 수 없는 고행의 길이다. 나는 그 창에서 나의 젊은 날의 회한을 거둬들인다. 그리고 더디지만 쉼 없는 행보로 못 다 이룬 꿈을 향할 각오를 마음에 새긴다.

남은 생에서 가장 젊은 오늘들을 소중히 여기면서.

사막의 일몰을 쫓아갔다가

    올여름 하이킹 동호회 회원들과 미국 서부에 산재한 협곡들을 십여 일간 트레킹 했다. 장거리 트레킹은 광활한 자연 속에서 호연지기를 체험하고 자연과 사람, 사람과 사람의 관계를 짚어보는 좋은 시간을 갖게 된다. 이번 여행도 다양한 경험으로 내 인생의 한 축이 되었으며 요소요소에서 일어났던 크고 작은 해프닝은 내 안을 들여다보는 계기가 되었다. 그 길에서 있었던 많은 일들 중에 나에게 울림을 주었던 한 순간을 적어본다.

    트레킹 사흘째 날이었다. 앤탈롭 캐년(Antelope Canyon)을 탐사하고 다음 일정을 위해 페이지(Page)란 소도시에 입성했다. 늦은 점심을 해결하려고 레스토랑에 들렀다가 실내에 비치된 한 장의 사진에 시선이 꽂혔다.

    홀스 밴드(Horse Bend)라 명시된 그곳은 타원형의 섬을 가운데 두고 유유히 흐르는 강물 위로 주홍빛 태양이 떠 있는 사진이었다. 안정된 구도나 강렬한 색채 등 작가가 뽑아낼 수 있는 최상의 조건들은 차치하더라도 사막에 그만한 비경이 있다는데 놀라

지 않을 수 없었다. 위치를 물었더니 다행히 근거리에 있다고는
했지만 시간이 허락될지는 미지수였다.

그날 예정된 일정을 마치고 친구네와 저녁거리 쇼핑을 나갔다
가 언뜻 낮에 본 사진이 생각났다. 틈새 시간을 활용하면 가능할
것 같아 바쁘게 그 쪽으로 차를 몰았다. 작열한 태양이 마지막으
로 떨어져 내리는 비경을 찾아가는 우리들의 얼굴은 너나없이 홍
조를 띄었다. 여정에 없는 보물을 캐내는 재미는 여행의 또 다른
묘미 아닌가.

종착지에 도착하니 완만한 둔덕만 있을 뿐 사방이 거친 사막지
대였다. 방문지에 대한 뚜렷한 정보가 없었던 우리는 사람들의
움직임 따라 무턱대고 둔덕을 향해 달렸다. 마치 불시착한 UFO
라도 만나러 가는 행렬처럼 그렇게 비탈진 사막을 정신없이 오르
다가 능선에 도달하니 멀리 환영처럼 사진 속의 풍경이 잡히기
시작했다.

지평선에서 한 뼘 남짓 떠있는 해를 바라보며 단숨에 내려간
우리는 이미 다른 사람들이 하고 있는 것처럼 두 무릎을 꿇고 읍
소하듯 머리를 조아리며 벼랑아래를 내려다보았다.

순간 온 몸을 굽혀도 아깝지 않은 별천지가 거기 있었다.

세상의 온갖 번뇌는 지상에 부려놓고 고고하게 내려앉은 범접
못할 그곳, 신기루를 보는 듯 몽롱하기까지 했다. 하지만 하늘과
강물을 번갈아 보며 합일을 원했으나 지는 해는 이미 지평선을
넘어 간 후였다. 나는 마지못해 일어서며 '석양이 내린 저 곳에
태양이 떠있으면 불난 듯 할 텐데…' 하고 속으로 되뇌기만 했다.

우리는 이튿날도 또 비탈길을 달려야 했다. 전날의 미련 때문에 다시 그곳을 찾았지만 일행들과 동행하느라 조금 늦게 출발했다. 지는 해를 안고 힘겹게 등성이에 올라보니 태양은 또 블랙홀로 빠져들고 있었다. 친구와 나는 막 넘어가는 해를 낚아챌 기세로 달렸다. 그러나 물결 위에는 해 그림자만 너울대고 있었다. 나머지 2%를 보충하기 위해 연이틀을 줄기차게 달렸어도 번번이 실패로 끝나고 나니 허탈하기까지 했다. 더불어 사는 삶이 쉽지 않음을 실감하며 서운한 마음에 주위를 둘러보았다.

운집했던 사람들은 썰물처럼 빠져나가고 카메라를 좌대에 설치해둔 몇몇만 자리를 지키고 있는 모습이 보였다. 한 청년에게 다가가 간청했더니 주홍빛 해가 물위에 떠 있는 십여 컷의 영상을 자랑스럽게 보여주었다. 세 시간씩이나 기다린 보람이 있었다며 어깨를 으쓱하는 그를 보니 허탈해 했던 마음이 민망했다.

바람이 조금만 스쳐 지나도 떨어져 버릴 것 같은 아슬아슬한 낭떠러지에 카메라를 설치해 두고 한 순간을 포착하기 위해 수 시간을 기다린다는 건 보통 인내가 아니지 않은가. 크고 작은 목표를 위해 열정만 앞세우는 나 자신에 비해 열정과 끈기를 함께 겸비한 그들이 그렇게 커 보일 수가 없었다. 흐뭇한 표정으로 기기들을 철수하는 그들의 움직임이 호젓한 사막의 저녁을 부산하게 했다. 비우고 채우기를 반복하며 걷는 트레일, 나의 부족한 면을 다스리는 길이다.

집착의 끈

　어느 날 퇴근길이었다. 아이들 떠난 빈 둥지에 바로 들기 허전하여 앞뜰을 둘러보다가 심상치 않은 광경이 눈에 들어왔다. 아침 녘 뜰은 꽉 찬 느낌이었는데 뭔가 허전하기도 하고 어수선하기까지 하니 이상했다. 집을 비운 사이 세찬 소나기라도 내린 건 아닐까 하고 살펴보았지만 비 온 뒤의 싱싱함은 아니었다. 영문을 모른 채 앞뒤 뜰을 둘러보니 과일나무며 텃밭이 온통 쑥대밭으로 변해 있었다. 궁금하여 이웃에 알아보니 추측대로 우박이, 그것도 20여 분이나 쏟아졌단다.

　겨우 찬 계절 물러가고 모양새 갖추어 가던 뜰이 초여름 우박 난타로 폐허가 되어버렸다. 그동안 틈틈이 손질한 시간도 아깝지만 무럭무럭 잘 자라던 식물들이 일시에 주저앉은 모습을 보니 착잡했다. 초여름 우박은 이곳에선 간간이 있는 일이라지만 직접 겪고 보니 참담함은 상상 이상이었다.

　한동안 복구할 엄두조차 나지 않아 포기했다가 며칠 만에 나가 보니 그사이 상처 입은 몸체마다 생기가 돌고 있었다. 안간힘을 쓰듯 어렵게 태동하는 생명의 힘, 미약하나마 가능성이 엿보였다. 순간 나의 마음에선 아직도 늦지 않았음을 시사하며 생장을 독려하고 있었다. 그토록 잔인한 얼음 콩 타작에서 살아남은 명줄이라면 무서울 게 뭐 있겠냐고. 그리곤 온실 속 화초들을 노지에 내어 놓듯, 마음에서 과감하게 놓아 버렸다. 결과에 연연하지 말고 최선을 다해서 살아보라는 메시지를 담고서다.

그러면서 생면부지의 S여사 모자를 그들 옆에다 새겨 넣고 있었다. 아니 내 자신 그리고 자식들을 품에서 떠나보낸 많은 어머니들의 마음도 동참하기를 종용하면서 말이다.

S여사는 아들들의 인연으로 연결된 유학생 엄마다. 한 달여 전 그녀로부터 장문의 메일을 받았다. 스무 살 남짓 된 아들을 이곳 앨버타 주에 유학시켜 놓고 노심초사 애타는 모성이 구구절절 담겨 있었다. 잘난 사람, 잘난 자식들만 판치는 세상에 머리도 부족하고 학업 의욕도 없으며 노력도 신통찮게 한다는 속내를 숨김없이 털어 놓았고, 앞으로 아이의 진로며 희망하는 결과까지 소상하게 피력한 다음 나의 자문을 구한다는 내용이었다. 겸손하면서도 용감하고, 앉아서도 천리 밖을 내다보는 혜안의 소유자인 듯한 여인, 나는 그녀의 메일을 읽으면서 신세대를 키워내는 한국의 어머니상이 새로이 정립되고 있었다.

높은 학력과 적당한 재력, 거기다가 컴퓨터를 열어 놓고 세상의 온갖 정보를 꿰고 있는 그들, 자식들의 앞날을 임의대로 설계해 놓고 여차하면 행동으로 돌입하는 대담한 그들이다. S여사도 그런 케이스가 아닐까 유추하며 하달된 숙제를 안고 고심했다. 두 아이를 이곳에서 교육시킨 경험담을 나누면 어려울 리도 없건만 섣불리 답신을 못 보낸 것은 S여사의 넓은 치마폭이 문제였다.

호연지기를 체험할 절호의 기회를 부여하고서도 고삐는 여전히 S여사가 쥐고 있었으니 정작 그 아들은 자유롭게 뛰어볼 여백이 없다. 어려서부터 부모들의 이끌림에 익숙한 아이들, 나약하거나 의욕적이지 못한 것은 당연지사 아닌가. 품 떠난 성년의 아들을 과감하게 놓아버리라고 S여사에게 답하고 싶지만 용기가 없다. 나 또한 자식들에 대한 집착이 S여사 못지않기 때문이다.

스스로의 삶을 개척한답시고 부모의 그늘을 벗어난 아이들, 나는 아직도 집착의 끈을 놓지 못하고 그들의 언저리에서 일희일비하고 있지 않던가. 어디까지가 부모의 영역인지 한계가 모호한 때, 관조하기보다는 훈수 두는 쪽으로 기운다. 생의 모서리마다 자력으로 헤쳐가길, 관심과 애정으로 바라보는 것이 최선책이라는 것을 알면서도 그렇다.

한고비 넘길 때마다 한 뼘씩 길어지는 그들의 인생훈장을 가만히 지켜보는 훈련이 필요한 때다. 집착의 끈이 풀려나간 자리에 실현 못한 내 인생의 꿈을 채워 보리라 다짐하는 요즘이다.

마음이 한 번씩 흔들릴 때마다 나는 뜰로 나선다. 제법 튼실해진 화초들이 걱정 말라 하는 듯 바람결에 한들거리며 아는 체한다.

3부

나의 소울 푸드

민들레나물, 그리고 시아버님

　친구네 들렀다가 양지 녘에 돋아난 민들레 새순을 보고 반가운 마음에 제법 많이 뽑았다. 조금만 있으면 지천으로 깔려 천덕꾸러기가 되겠지만 긴 겨울 잘 견뎌낸 장한 놈들이라 여간 반갑지 않았다. 잘 손질하여 친구네와 나누었다.

　끓는 물에 살짝 데쳐서 쌉싸래한 물을 우려내어 초고추장에 묻혔더니 상큼하고 알싸한 맛이 혼자 앉은 점심상의 허전함을 달래준다. 한 젓가락에 봄을 퍼오고, 또 한 젓가락에 마음 한구석 아려 있는 시아버님께 죄송한 마음을 떠올린다.

　지금은 작고하셨지만 여든을 목전에 둔 어느 해 봄에 손자들이 눈에 밟힌다며 잠깐 다니러 오셨다. 성품이 워낙 부지런해서 어느 한 순간도 그냥 계시질 못하고 잔디 관리며 나무 손질 하느라 연일 바쁘게 보내셨다. 혹시라도 몸져누우시면 어떡하나 걱정이면서도 아이들은 학교생활로 바쁘고 우린 우리대로 일터에 매어있으니 그저 죄송할 따름이었다.

　어느 날 아침, 봄비에 촉촉하게 젖은 뒤뜰을 보면서 시아버님께 민들레나물 운운하며 조금만 뽑아 주시길 간청했다. 어떻게 하면 일을 줄이게 해드리까 고민하다가 나름대로 내린 작전이었다. 마침 땅이 물러서 뽑기도 쉬울 테고 한두 끼 정도 생각해서 조금만 뽑으시려니 했다.

퇴근해서 부엌에 들어서니 큰 플라스틱 두 봉지 가득 싱싱한 민들레가 나를 기다리고 있었다. 순간 가슴이 덜컹했지만 아버님의 얼굴을 보니 위안이 되기도 했다. 숙제를 잘해온 어린 학생 같은 의기양양함에다 만면에 선한 미소를 띠고 나의 얼굴과 민들레 봉지를 번갈아 보며 그날 하루 일과를 눈빛으로 전해주셨다.

나의 의도와는 전혀 다른 하루를 보낸 아버님, 자식들의 힘을 들어주고자 그 질긴 민들레와 사투를 벌였을 걸 생각하니 민들레 봉지가 아버님의 자식사랑 봉지로 바뀌어 둘, 넷, 여덟……. 제곱으로 자꾸 늘어나 보였다.

저녁엔 처음으로 민들레나물을 무쳐보았다. 봄만 되면 자주 입소문 타는 메뉴이지만 감히 엄두를 못 내었는데 아버님의 노고에 용기를 냈다. 참기름 한 병 손에 쥐고 봄 산에 오르면 모든 풀들을 나물로 변신시킨다는 요술쟁이 한국 아낙네의 저력으로.

우선 건강하지 못한 아버님의 치아를 생각해서 푹 삶았다. 그런데 향기로운 봄나물 냄새 대신 역한 풀 냄새가 진동했다. 조짐이 심상치 않았다. 하지만 어쩌랴. 조씨 가문 맏며느리 손맛으로 나갈 수밖에. 갖가지 양념과 정성으로 조물거려 저녁상에 올렸더니 온 식구들이 반겨 한 젓가락씩 집어가곤 반응이 신통치 않았다. 난 동조를 구하는 얼굴로 아버님을 쳐다 뵈니 그 마음 알았다는 듯, "나쁘지 않구나, 맛이 특이하긴 해도 잘 물러서 좋다." 말씀은 그래도 이후론 그쪽을 쳐다보지 않으셨다. 나는 슬며시 상 아래로 접시를 내리면서 속으론 내내 이런 말씀을 드렸다.

"올핸 민들레가 아버님 자식 사랑에 기죽어서 절대로 우리 속을 썩이는 일이 없을 겁니다."

부모님 생각하면 때늦은 후회가 가슴을 아리게 하는 일이 어찌 어제 오늘의 일이런가. 해마다 봄이 되면, 상큼한 민들레나물을 상에 올리면서 속으론 이런 시조를 읊조려 본다.

반 중 조홍감이 고와도 보이 나다
유자 아니라도 품은 적도 하다마는
품어가 반길 이 없으니 글로 서러 하노라.

조선조 박인로가 한음 이덕형 집에 갔다가 상위에 오른 홍시를 보고 돌아가신 부모님 생각에 지은 시다.

시어미 발가락을 흔드는 며느리

화장대 정리를 하다 말고 거울을 들여다본다. 딸은 나이가 들수록 친정어머니를 닮아간다더니 초로의 어머니가 거울 속에서 빙긋이 웃고 있다. 한 가닥 굵은 주름을 미간에 세운 채 다소 거칠어 보이는 여인, '여자는 고와야 한다'며 항시 가꾸기를 종용하던 어머니의 뜻을 제대로 이행 못한 모습이 역력하다. 이민 1세대의 지난했던 삶의 흔적이라 스스로 변명하며 쫓기듯이 거울 속에서 빠져 나온다.

허연 먼지를 쓰고 촘촘히 늘어선 화장품들 속에 색스런 매니큐어가 꽤 놓여있다. 나는 자리만 지키다가 세월 다 보낸 병들을 하나씩 흔들며 존폐 여부를 가늠한다. 이미 딱딱하게 굳어서 못 쓰게 된 놈, 손길 따라 상하좌우 매끄럽게 흐르는 놈, 버려야 할지 말아야 할지 얼른 감이 오지 않는 걸쭉한 놈 등 각양각색이다.

'그래, 이놈들에게 마지막 소임을 부여하자.' 양말을 벗고 머리 아래 감춰진 비상의 붓을 뽑아 든다. 색깔의 조화쯤은 무시하기로 한다. 하나 둘 손에 잡히는 대로 칠하다 보니 헝클어진 무지개가 발가락에서 꿈틀거린다. 묘한 쾌감에 기분마저 고조되는 듯하다. 무엇에서건 튀어야 살아남는 요즘 시대, 이 정도면 그 반열에 오를 수 있지 않을까 하는 자신감도 은근히 생긴다.

한동안 해방감에 젖어 붓을 놀리다 보니 열 개의 발톱이 삐뚤빼뚤 모두 제각각으로 현란하다. 절로 나오는 콧노래에 발가락장단을 맞추며 지루할 법한 일을 무리 없이 마무리했다. 하지만 나의 작은 행동이 잠시 후 엉뚱한 오해를 불러오리라고는 상상도 못한 일이다.

"어머니, 제가 페디큐어 예쁘게 발라 드릴게요."

방문을 나서는 나를 보고 며느리가 대뜸 한 말이다.

무언가 의미를 담은 눈빛이 심상치 않아 나 자신을 훑어보니 알록달록한 발톱에다 헤헤거리는 모습이 치매기 있는 시어미로 보이기 십상이었다. 괜한 의심의 눈길에서 벗어나고 싶어 '응, 이거. 정리하다가 시험 삼아 발라 본 거야. 나름 색스럽지 않아?' 하고 얼른 발뺌했다.

아이는 그제야 안심한 듯, '여름엔 맨 발톱보다 칠하는 게 더 예뻐요.' 하며 재차 권유를 한다. 전무후무한 나의 수작을 빨리 지워주고 싶은 며느리의 마음이 읽혀져 미소로 답했다. 시어미의 돌발행동에 간담이 서늘했을 새아이는 어느 사이 화장품 통을 들고 나와 뒤꼍으로 나를 이끈다.

"어머니, 여기다 발을 올려보세요."

평소 애지중지하는 나의 보물 고추장 단지를 의자 아래로 당겨

놓으며 작정한 듯 채근한다.

고리타분한 시어미가 보기에는 파격의 연속이건만 자초한 일이니 못 이기는 척 착한 시어미가 되기로 한다.

아이는 아세톤으로 나의 불량한 전작을 지우느라 애쓰더니 빨강, 초록, 황금색 등등 이것저것 색상을 맞추어 본다. 그리고 이내 흑장미 빨강으로 낙찰하곤 호호 불어가며 못생긴 발톱 호사시키느라 열심이다. 거침없는 아이의 행동을 주시하다 보니 나의 그 시절이 흑백사진되어 아른거린다.

시어머니의 수족은 원래 뼈대가 굵은데다 대 식구를 건사하느라 항상 거칠어있었다. 어쩌다 내 눈길이 당신의 치부에 닿으면 머리를 매만지거나 딴청을 부리며 시선 돌리기에 급급해 하셨다. 그때 내가 이 아이처럼 열린 사고를 가졌더라면 좋았을 것을, 때늦은 후회로 가슴이 먹먹하다.

신세대 며느리가 들어오고부터 나는 시시때때 적잖이 당황한다. 시가와 친가를 구분 않는 언행이며 자신의 의사를 똑바로 표현하는 당당함, 그런가 하면 며느리 역할이란 단어가 존재하는지 애매할 때가 많다. 시집살이를 제대로 한 시어미가 보기에 사사건건 흠이지만 그래도 품어야 집안이 편안하다.

하지만 가끔 시어미 근성이 발동하면 아이는 네, 네, 건성으로 답하며 상황을 무마시킨다. 가식 없는 자연스러움에 꼬였던 심사는 은근슬쩍 꼬리를 감추고 보일 듯 말듯 희미한 웃음으로 상황은 종료된다.

여아로 태어났음이 죄송했던 우리 세대와 남, 여 구별 없이 당당하게 태어나 동등한 대우를 받으며 자란 세대와의 거리는 꼬고 풀기를 거듭하며 차츰 좁혀져 가고 있다.

발을 내밀고 생각의 타래를 풀어가는 사이, 아이의 손아래에서 흑장미 두 송이가 수줍은 듯 벌어졌다. 나는 함빡웃음으로 며느리의 머리를 쓰다듬으며 앞으로 계속 책임지라는 협박(?)과 함께 시어미의 권위도 며느리에의 요구도 하나씩 내려놓는다.

신(新) 현모양처

얼마 전, TV 한 오락 프로그램에서 사회자가 연예인 참가자들에게 장래희망을 일일이 물어보았다. 일부는 진지하게 또 소수는 오락적인 답변으로 분위기를 고조시켰다. 그 중에 가장 반전을 일으켰던 장래희망은 요즘 대세를 이룬다는 걸 그룹 중의 한 멤버가 대답한 '현모양처'였다. 상상외의 답변에 좌중은 웃음바다를 이루었으나 정작 본인은 진지한 태도로 일관했다. 그녀가 보인 진지함마저 오락적 연출인지 아닌지 불분명했지만 화려함의 극에 있는 소녀의 답변에서 나는 한 생각을 키워보았다. 현대적 감각을 가진 현모양처는 어떤 모습일까, 혹시 이웃의 이런 모습이 아닐까 하고.

요즘 눈여겨보는 젊은 여인이 있다. 향기로 말한다면 바닐라나 오렌지향보다 라벤더향에 가깝고, 꽃으로 치면 목련이나 장미보다 해바라기꽃 같은 건넛집 여인이다. 그녀는 서른 중반의 연령대에 S라인 몸매를 가졌으며 미모라고 할 수는 없으나 세련미를 겸비했다. 사회생활을 한다면 전문직에 종사할 법한데 전업주부로

돌아와 육아에 전념하고 있다. 여기까지는 그렇게 특별하다고 할
수 없지만 가정을 이끌어 가는 솜씨는 수십 년 경력자인 나보다
훨씬 월등해 보인다.

그녀에게 특별히 관심을 갖게 된 계기는 차고 안을 우연히 들여
다보면서부터였다. 흔히 창고로 사용하는 차고의 벽면을 마치 상
품 진열장처럼 깔끔하게 손질해 놓은 살림솜씨는 가히 일품이었
다. 집안에서 가장 허접한 물건들이 모이는 곳임에도 주부의 손길
이 자주 미치지 못하는 곳이 창고이다. 하지만 그곳조차 삶의 군
더더기를 허용 않는 그녀의 성품은 생활 곳곳에서 나타났다.

정원 일을 할 때는 하루 종일 숙련된 조경사의 솜씨로, 집 외관
을 손볼 때는 남편과 똑 같은 역할을 하며 적극적으로 주어진 일
을 처리한다. 또한 그녀는 대인과의 교류를 절제하는 모습이 역력
하다. 손님들의 방문은 어쩌다 가끔이고 그렇다고 외출도 잦지
않다. 자신의 대외활동으로 인해 가족들이 혹시 모를 불편을 겪게
되거나 그들을 소홀하지 않게 하려는 배려가 깔려 있음이리라.
대신 언제 어디서나 네 식구가 똘똘 뭉쳐 무엇이든 함께 하는 모
습이 사랑스럽다.

그녀의 일과 중 가장 내 마음에 드는 부분은 여가시간 활용이
다. 정오가 되면 나는 집안일을 대충 마무리하고 출근길에 오르지
만 그녀는 대문 앞 돌계단에서 태양열을 쬐인다. 차를 후진하면서
온몸으로 태양 에너지를 흡입하고 있는 그녀를 훔쳐보는 것은 부
러움이면서 즐거움이다. 보통 홀로 자유를 만끽하는 그 시간엔
신문이나 책을 읽으며 차를 마시던 그녀가 오늘은 웬일로 한 뼘도

안 되는 핫팬츠에 끈달이를 걸쳤고 챙 넓은 밀짚모자를 얼굴에
가렸다. 그리고 양 다리는 최대한 벌린 상태로 상체를 뒤로 젖힌
포즈가 여느 때와 사뭇 다르다. 포즈가 다소 강렬해도 그녀는 요
염하거나 헤프게 보이지 않고 오히려 힘겨운 오전이었음을 연상
하게 한다. 그녀만의 독특한 치유법인 셈이다.

현모양처의 변화된 모습은 매사 소극적에서 적극적으로, 절대
희생에서 상생으로 그리고 자부심과 열정으로 건강한 가정을 이
끌어가는 그녀와 같은 모습이 아닐까 하는 생각을 해 본다.

장 담그는 날

봄빛이 곱게 퍼져가는 아침녘이다.

연중대사를 치르기 위해 뒤뜰로 나서니 향긋한 꽃내음이 단숨에 밀려든다. 안팎으로 만발한 꽃물결에 온 감각이 호사하는 요즘, 은은한 봄 향기 속에서의 장 담그기는 일이라기보다 신선놀음일 테다. 모처럼 나에게 허락된 반나절이 달콤하게 다가온다.

'자, 축, 인, 묘…….' 할머니의 손끝에서 거사 일이 택일되면 하얀 머릿수건을 동여맨 어머니는 장 담글 준비로 한동안 부산하게 움직이셨다. 예부터 '장은 음력 정월 장이 최고'라 하여 우리의 여인들은 꽃샘추위 속에 언 손을 호호 불어가며 이 일을 치렀다.

고부간에 호흡을 맞추며 장을 담그던 그 중요한 날을 나는 내 방식대로 날을 잡는다. 만물이 생장하느라 기가 충만한 오월 중 어느 하루, 바람 없고 햇빛 좋은 날에다 시간만 조금 낼 수 있다면 금상첨화다. 마침 오늘이 그런 날이다.

나의 장 담그기는 장독대며 주변을 시원하게 닦으면서 시작된다. 혹시 있을지 모를 부정한 기운은 급물살로 밀어내며 마음을 한곳으로 정하게 모은다. 그리곤 며칠째 우려 놓은 항아리들을 가시고 또 가셔서 마른행주질을 한다. 반짝반짝 윤기 나는 항아리들을 일렬로 세우고 상쾌한 기분에 허리를 펴니 하얀 자두 꽃이 하늘거리며 꽃비 되어 내린다. 꽃은 피었을 때도 예쁘지만 미풍에 산들거리며 흩날리는 모습도 퍽이나 매혹적이다.

"너희가 고울까, 이 꽃이 더 고울까?"

곱게 손질한 메주를 장독대로 나르면서 혼잣말로 뇌까려본다. 겨우내 손길 받은 보답인 양 희끄무레하게 세계지도를 그려낸 메주들의 외관도 꽃은 꽃이니 말이다.

햇볕이 잘 드는 양지쪽에다 빨간 벽돌 두 장씩을 벌여 놓고 준비한 항아리들을 그 위에 올린다. 지면과 항아리 밑 사이에는 공간을 두어야 호흡이 순조롭다고 누군가가 말했다. 근거를 따지기 전에 이때만은 최상의 예우를 하고 싶어 각도를 맞춰가며 정성을 다한다.

준비한 항아리 속에다 한 켜 두 켜 메주를 쌓고 풀어둔 소금물을 채에 받혀 내린다. 정제된 소금물이 얇은 망을 통해 떨어질 때마다 메마른 대지에 단비 내리는 소리가 또르르, 또르르 난다. 달콤한 소리다.

나는 은밀한 접촉으로 삼 합이 어우러지는 소리를 음미하며 미동이 일어나기를 은근히 채근한다. 평소에는 느긋한 성격이지만 이때만은 조바심을 낸다.

'일각이 여삼추'란 말은 이를 두고 함일 게다. 이런 내 마음을 읽기라도 한 듯 소금물에 잠겼던 메주들이 한 놈씩 머리를 내밀며

기척을 보인다. 삼십 년 베테랑 주부가 긴장하는 동안 놈들은 튀어오를 준비를 하고 있었나 보다.

'장항아리 속 메주가 떠올라야 한 해 운수가 길하다'는 옛말이 약간 거창한 듯해도 소금의 농도가 적당하다는 뜻이니 과한 말은 아니다.

우려하던 염도에 확신이 서면 장 담그기는 일이 아니라 놀이가 된다. 왼손 오른손 척척, 항아리목선에 찰랑거릴 때까지 소금물 세례를 하고 또 한다. 그리곤 새끼손가락보다 가는 멕시코 산 고추와 숯덩이 몇 개 띄워서 마무리를 한다. 이럴 때 잘 생긴 한국산 고추를 동동 띄우면 보기도 좋으련만 그렇지 못함이 아쉬울 따름이다. 창호지대신 종이 타월로 주둥이를 감싸고 뚜껑을 닫으니 뿌듯한 마음이 항아리 같아진다.

기본적인 나의 소임은 이것으로 끝이 나고 이젠 태양빛과 실바람이 넘나들며 이들을 익혀줄 차례다.

결혼한 첫해, 시어머니가 챙겨 주신 고추장단지를 집으로 가져가다 깨뜨리는 바람에 시작된 나의 장 담그기가 어언 십 수 년째다. 겁 없던 이십대와 삼십대엔 욕심으로 이 일을 했고 사십대엔 습관적으로 그리고 지금은 좋아서 하는 일이다. 옆에서는 쉬운 길 마다하고 굳이 어려운 길 택한다고 성화를 부리지만 이것이야 말로 여러 마리 토끼를 한꺼번에 잡는 일이다.

조급한 일상에서 가질 수 없는 여유로움을 즐길 수 있어 좋고 자연과 동업자란 사실이 매번 나를 흥분하게 한다. 무엇보다 이 일이 나를 가장 매혹시키는 것은 시시때때 변화하는 시대의 소용

돌이에서 옆으로 밀려나도 나만이 힘줄 수 있는 영역이 있어 서운하지 않음이다. 한 해 두 해 나이를 더하는 게 축복은 아니지만 사고의 폭이 깊어지고 넓어짐은 연륜의 향기가 아닌가. 마치 묵은 장에 깊은 맛이 들듯이.

연분홍 꽃봉오리를 물고 서 있는 사과나무가 아리도록 예쁜 오월이다.

너구리의 모성본능

포근한 봄빛이 잔잔하게 퍼져가는 아침녘, 모처럼 눈 먼 시간이 아주 조금 주어졌다. 연중 가장 좋아하는 오월을 제대로 느끼지 못해 아쉽던 참인데 끝자락이나마 잡을 수 있어 다행이다 싶다.

모카커피 한 잔을 찐하게 내려서 창가에 앉았다. 연초록 화사함으로 치장한 뜰 안 풍경이 프레임 가득 들어온다. 보랏빛 향기를 뿜어내는 라일락 군락, 가지마다 꽃술을 늘어뜨린 떡갈나무, 잔잔하게 깔린 야생화 무리 등등, 내가 동동거리며 드나드는 사이 자연은 성찬을 준비하고 있었나 보다.

조금 더 시선을 확장해 보니 조그만 우리의 텃밭과 쭉쭉 뻗은 전나무 숲 그리고 사이사이로 이웃들의 통나무 헛간이 얼기설기 자리 잡고 있는 풍경이 한 폭의 수채화로 다가온다.

우리네 삶 속으로 들어온 자연, 자연 속으로 들어 간 삶, 자연과 삶의 잔재들이 자유롭게 조화를 이룬 광경이 오늘따라 정겹다. 최근에 겪은 너구리와의 전쟁을 떠올리며 야생동물들과도 이런 관계가 유지되면 얼마나 좋을까 하는 생각을 한다.

얼마 전부터 침실 머리맡 천장에서 수상한 움직임이 감지됐다.

잠이 들 만하면 무언가가 바스락거려 어렵게 청한 잠을 깨워놓기 일쑤더니, 얼마 안 가서 묵직한 발자국 소리를 내며 천장 안을 휘젓고 다녔다. 처음엔 지붕 위에 있는 공기 정화용 팬 사이로 침입한 새나 다람쥐 정도로 가볍게 여기고 불편하면 자진해서 나가겠거니 생각했다. 하지만 시간이 갈수록 느껴지는 무게감과 움직임에 우리를 서서히 긴장하기 시작했다. 여러 가지 정황상 가벼이 볼 상대가 아닌 너구리가 분명했기 때문이다.

이웃집 지하실에 들어서 말썽 피우는 스컹크보다야 낫겠지만 사람과 동거하기엔 거북한 존재임은 말해서 무엇하리. 우리는 대책 없는 무단 침입자를 밖으로 내몰기 위해 수시로 천장 안을 살폈다. 하지만 천정과 지붕 사이, 한 길도 안 되는 캄캄한 공간에는 온열재로 뒤덮인 석면과 아래 위에서 뿜어대는 더운 열기뿐 별다른 기미를 찾아낼 수 없었다.

틈만 나면 랜턴을 비추며 답답한 공간 뒤지기를 한 지 며칠째, 큼직한 움직임 속에서 재재거리는 소리가 희미하게 들렸다. 아마도 그 사이 새끼를 낳은 게 틀림없었다. 순간 귀밑머리가 쭈뼛섰다.

얇은 널빤지 한 장을 사이에 두고 부부의 은밀한 침실이 너구리에게로 향하고 있었음에 모골이 송연했다. 하물며 우리가 곤히 잠들었을 엊그제 밤, 어미의 산통과 출산이 머리 위에서 이루어졌음을 상상하니 참으로 어처구니가 없었다.

며칠 후, 너구리 일가를 퇴출시키고야 말겠다는 옆지기의 의지 끝에 들려나온 새끼 세 마리, 아직 세상을 향해 눈도 못 뜬 채 머리를 처박고 서로 엉켜있었다. 단서를 잡고 나면 모든 문제가 해결되리라 여겼는데 그게 아니었다. 새 생명들을 어떻게 처리해야 할지가 더 큰 고민이었다. 정부에서는 너구리 개체수가 너무 늘어나서 예산을 들여 줄이고 있다지만 우리의 영역 안에 들어 온 새 생명을 함부로 할 수 없었다. 고민 끝에 어미가 다시 새끼를 이끌고 본가로 회귀하기 불가능한 곳에다 유기시키기로 작정하고 집에서 먼 숲에다 놓아주었다.

문제는 그날 밤, 초저녁부터 어미가 새끼를 찾느라 천장에선 난리가 났다. 공범인 그이와 나는 새끼 찾아 헤매는 어미의 처절함에 밤잠을 설쳐야 했다. 모성본능은 인간 뿐 아니라 미물도 다를 바 없음을 절실히 느낀 긴긴 밤이었다. 어미와 새끼를 갈라놓은 장본인에겐 어미의 거친 숨소리까지 들렸다니 그 죄책감이 나보다 훨씬 더했나 보다.

다음날 일찌감치 유기한 새끼들을 데려다가 어미가 잘 다니는 통로에 놓아줌으로써 우리와 너구리와의 전쟁은 종지부를 찍었다. 평온해진 지금도 자리에 누우면 온몸을 던져 새끼들을 구해낸 어미의 거친 숨소리가 천장에 느껴진다. 모성본능은 미물인 짐승도 다를 바 없음을 다시 깨우친 계기, 그래서 세상의 모든 어미들은 위대하다고 하나보다.

향긋한 커피 향에 연둣물을 입힌 나의 망중한은 막 개화하기 시작한 송화(松花)를 보며 종지부를 찍는다. '송홧가루 날리는 유월이 오면 솔잎주를 담궈서 내 좋은 사람들에게 달려가리라' 다짐하며.

외할머니의 비프가스

오랜만에 친정 나들이를 앞두고 전화기를 들었다.

"엄마! 애들이 내일 함께 간다는데 어쩌지요?"

"어쩌긴 뭘. 나란히 앞세우고 오려무나. 그나저나 예전 맛이 날지… 늙으니 손맛도 한물갔다."

바쁘다는 녀석들이 굳이 동행하겠다는 데에는 그만한 이유가 있다. 외가에 갈 때마다 외할머니표 비프가스를 먼저 떠올리는 녀석들, 노모에게 무거운 짐을 안긴 것 같아 마음이 안쓰럽다.

시외버스를 타고 친정으로 향하는 동안 이번에는 그들이 원하는 맛을 꼭 전수받아야겠다고 다짐하며 옛 생각에 잡힌다. 아이들이 어렸을 땐 외가 음식이 입에 맞지 않아서 힘들어 했다. 달고 연한 맛에 익숙한 아이들의 음식 투정은 어쩌면 당연했는지도 모른다. 영남 음식은 담백한 맛은 있지만 대체로 맵고 간이 세다. 아마도 냉장고가 없던 시절, 온화한 기후에 음식을 갈무리하면서 비롯된 연유가 아닐까.

모처럼 친정에서 첫 밥상을 받고 나면 나는 어머니와 아이들

기분 살피느라 중간에서 허둥대야 했다. 싱싱한 횟감 찾아 새벽시장을 누비고 다니신 외할머니의 노고를 헤아리지 못하는 어린아이들은 사사건건 트집이었다. 고기 대신 생선이 오른 것도 투정거리요. 보리차 대신 엽차를 마셔야 하는 것도 고역이었나 보다. 툭하면 "엄마! 물 마시러 서울에 가요." 하고 성화를 해댔으니.

월계수잎차나 감잎차를 상용하는 친정은 우리식구가 움직일 기미가 보이면 따로 보리차를 마련하고 이중으로 음식을 장만하느라 어머니는 애를 쓰셨다. 아이들의 생트집을 막음하느라 준비한 음식 중 그들의 구미를 당긴 것이 비프가스였다. 그것은 어머니의 일품요리이자 노부부의 특별한 날을 위한 메뉴이기도 했다. 딸의 편안한 친정나들이를 위해 비장의 무기까지 동원된 셈이었다.

비프가스 덕택에 한동안 친정나들이가 가벼워지나 했더니 또 다른 문제가 생겼다. 아이들은 집에서도 수시수시 외할머니의 비프가스를 만들어 달라고 했다. 그때마다 어렵사리 만들어 주면 녀석들은 외할머니의 맛이 아니라고 퇴짜 놓기 일쑤였다. '고기맛도 다르고, 소스도 뭔가 부족한 듯 하고, 야채 종류도 다양하지 못하고…….' 등등 이유도 다양했다.

녀석들이 성인이 되어서는 그 비법을 직접 배우느라 할머니와 전화통화가 잦아졌다. 때론 함께 요리하며 찍어 온 영상으로 실습을 하기도 했지만 원하는 맛이 아니라며 아쉬워했다. 간간이 이런 실패 소식을 어머니께 전하면 당신은 성공한 것보다 더 좋아하는 눈치였다. 내심으론 조만간 녀석들이 다녀가리라는 기대를 품으

셨으리.

어느덧 친정집에 당도하니 구수한 기름 냄새가 먼저 아는 체했다. 앞선 녀석이 코를 벌름거리며 엄마! 하고 뒤를 돌아보는 순간, 그 얼굴에 함박웃음이 열렸다. 힘든 노구를 이끌고 어렵게 먹을거리를 장만하는 외할머니 마음, 바로 저 얼굴을 위해서인지도 모른다.

부엌에 들어서자 어머니의 분주한 하루가 고스란히 눈에 들어왔다. 큼지막한 채반에 노릇노릇 튀겨 낸 고기가 푸짐했고 곱게 채친 양배추, 당근이 쟁반에 수북하게 쌓여있었다.

"어휴, 엄마는……. 밑간만 하시랬더니."

딸의 푸념엔 아랑곳 않고 마무리에 열을 올리는 어머니, 생 치자를 으깨어 옥양목 주머니에 담으신다. 주머니를 눌러가며 황금물을 만드는 어머니 곁에서 나는 수없이 들은 요리 비법을 또 듣는다.

"고기는 꼭 한우 꽃등심을 사서 손수 저민 다음 칼자루 끝으로 두드려야 하고, 육수는 뼈를 세 번째 곤 찐한 놈으로 써야 구수하단다. 야채는 색스럽고 싱싱한 놈들을 골라야 하고, 잠깐 물에 담갔다가 곱게 채 쳐서 푸짐하게 담으면 끝이지 뭐."

"근데 엄마, 치자 물은 어디에다 쓰려고 그렇게 지극 정성으로 내신대요?"

"응, 소스 만들 때 넣으면 색도 곱고 향도 은은하단다."

"엄동설한에 이렇게 싱싱한 치자는 또 어디서 구했대요?"

"저기 봐라. 아직도 수백 개는 더 달렸다."

어머니의 손길을 쫓아 고개를 돌리니 아담한 나무에 오렌지빛 치자가 하늘 향해 송송 매달려 있었다. 새파란 잎사귀 사이사이로 황금빛 열매를 물고 서 있는 나무, 마치 어머니가 자손들을 품고 있는 형국이었다.

"세상에……. 엄마! 저 외할머니표 비프가스 천천히 배울 테니 엄마가 10년만 더 맡아줘요."

따뜻한 남녘의 기후와 어머니의 정성이 어우러져 빚어낸 유일한 맛을 나는 흉내조차 낼 수 없어서 이렇게 억지를 썼다.

"아이고, 아서라. 말아라."

말씀은 그렇게 하시면서도 싫지 않은 기색이 역력한 어머니의 모습을 앞으로 몇 번이나 더 뵐 수 있을까.

어머니의 무던 손길이 더할수록 찐해지는 치자 물, 자식들을 향한 정열의 속내를 그렇게 풀어내시는 어머니.

Granny's Beef Cutlet

translated by Jun hee Jo

I lifted up the receiver of the telephone, thinking about the outing just around the corner.

"Mom! Kids want to go visit you tomorrow. What should I do?"

"What do you mean? Line them up and come on over."

"Yes, but⋯ don't hurt yourself."

"Alright, dear. Don't worry. I'll take it nice and slow. I'm just worried if it's still going to taste the same as before⋯ This old hand's out of shape too."

"Don't bother yourself with such a thing.

I'll take care of the rest so you just start up on your sauce for me."

Having fallen over at the begging kids, I haven't felt at ease after requesting such an enormous task to someone who's over 80. It's getting harder now for mom to meet the expectations of her grandkids', who first think of her famous beef cutlet every time we go to her house. This time, as we approach moms on the bus, I promise myself to inherit her recipe that the kids so dearly love.

When the kids were young, they had a hard time swallowing Yung Nam style of food. It has a blend side, but it's mostly pungent. Kids are so used to sweet and tender food that they always grumbled at my hometown's style. For this reason, whenever we have a meal at her house, I find myself scrambling between my mom and my kids, trying to satisfy them all.

Not knowing the laborious efforts that she goes through for them, such as running around the fish market at the break of dawn trying to buy the freshest fish, kids were constantly complaining at everything. They complain that it's fish, not meat. Even having to drink coarse tea as opposed to barley tea was a cause of complaint. They always say, "Mom! I need water. Let's go to Seoul." and pester in such a way.

A slight indication of my family moving towards her house set off my mom to prepare Barley tea instead of the regular Bay leaf tea or Persimmon leaf tea that she is used to drinking, having to work twice as much. The only food to put a stop to their complaining was her beef cutlet. It was her masterpiece as well as a meal she prepared for a special day with dad. For her daughter's peaceful outing's sake, she had pulled out her secret weapon.

Just when I started to think that going to moms would become, another problem broke loose. Kids started to bother me about making them granny's beef cutlet constantly. Every time that happened, after much agony of cooking the dish, they would complain that it doesn't taste the same as granny's. 'Beef tastes different, something's missing in the sauce, veggies are not variety enough…' complaints were getting diverse.

After they grew up and started to learn how to cook her dish on their own, phone calls to granny became more frequent. Sometimes they would try to cook while watching the video that they recorded of granny cooking, but not succeeding, they were instantly saddened. Every time I told her news of failure, it seemed as though she felt relieved. She must have expected her grandkids to come by shortly.

While I was lost in a train of thought, the sweet

aroma of sesame oil near mom's house noticed me first. There was a big smile on my son's face when he turned around in front of me as he was sniffing the scent. Maybe mom goes through so much trouble in making the dish so that she can watch such expression on his face.

When I hurried into the kitchen, I instantly saw the shier amount of work she had done at a glance. Perfectly deep fried golden beef chunks filled a huge wicker tray and there was a tower of finely sliced cabbage and carrots in an equally enormous tray beside it.

"Mom, I told you to take it easy." Not minding her daughter's concerned moan, she continued to mash up gardenia seeds and puts it in the pocket of a calico. While watching her create golden juice from squeezing the calico over her shoulders, I once again listen to the process of this recipe that I have heard numerous times before.

"The marble rib eye has to be domestically grown. After preparing it, drum it with the tip of the knife. Also, the broth that was simmered for the third time has to be used in order for it to be flavorful. Pick out fresh vegetables with vibrant colours, soak them in water for a while then finely slice it, then serve it on a plate. That's all."

"But Mom, where are you planning on using the broth that you prepared so strenuously?"

"Well, when you use it to make the sauce, it brings out a lovely colour and the smell also becomes delicate."

"But how were you able to find gardenia seeds in such a cold winter?"

"Look over there. There's got to be a few hundred more seeds hanging there."

When I followed her pointing fingers and turned my head, I saw the seeds on a petite tree pointing at the sky. The image of the fruits with leaves hanging off a tree looked like a mother embracing her child.

"My goodness, mom. I will take my time to learn your beef cutlet so keep in charge of it for another ten years."

Since I was not able to mimic what the combination of the warm southern weather and the taste of mom's efforts create, I only insisted.

"It's ok. I think I'll pass on that", said my mom, although it did not seem like she didn't want to do it.

I wondered how many more times I will be able to see my mom like this.

Gardenia juice that thickens in flavor the slower her hands move, that's how she expresses her love for her kids.

나의 소울 푸드(soul food)

허기진 마음 채워 줄 음식이 어디 없을까. 단비 끝에 묻어 온 소슬바람 탓인지 아침 내내 정성들여 만든 야채주스 잔을 앞에 놓고도 머릿속은 다른 먹을거리를 찾느라 분주하다.

허한 기 보충엔 보양식이 좋을 텐데, 아니면 평소 좋아하는 면류, 혹은 나물류, 갖가지 음식들을 쭉 나열해 보아도 특별히 당기는 게 없어 씁쓰름할 즈음, 김이 모락모락 오르는 김치 국밥 한 그릇이 오롯이 떠오른다. 어린 시절 우리형제들이 아플 때면 어머니가 속성으로 끓여 주시던 처방식이다.

그 시절 이후론 내 기억 속에서 까맣게 잊혀졌던 음식이, 어느 날 갑자기 그것도 심한 몸살감기로 고생하고 있을 때 불현듯이 떠올라 나를 일으켜 세우더니 오늘 또 다시 허한 속을 데우라 한다.

나는 단숨에 필요한 재료들을 꺼내고 스토브를 켜며 준비를 서두른다. 갑자기 바빠진 마음에 부합이라도 하는 듯 부엌의 집기들도 덩달아 달캉거린다. 국밥 한 그릇 준비하면서 이렇게 신바람을 날리다니, 아마도 내 몸이 원했던 것은 단순한 음식이 아니었던 게다. 음식을 통해 그 맛을 풍미했던 언저리를 돌며 마음의 평온 내지는 돌아보는 여유를 가지라는 의미이리라.

나는 스테인리스 냄비를 꺼내다 말고 주춤한다. 무엇이든 원하는 시간 안에 끓여내는 편리한 전기스토브 대신 바쁠 땐 더 애간장 녹이는 연탄불 위에 노란 알루미늄 냄비를 올려놓고 조바심 태웠을 어머니의 모습이 아른거린 탓이다. 인체에 치명적이라는 연탄가스쯤이야 아랑곳 않고 화덕을 끌어안다시피 하며 지극정성으로 끓여내신 그 국밥, 여덟 식구가 사흘이 멀다 하고 돌아가며 한 병치레는 결국 당신의 몸을 더 상하게 하지 않았을까 하는 생각이 이제야 든다.

조그마한 옻칠 소반에 조선간장 종지와 국밥이 전부였던 조촐한 어머니의 상은 온몸의 열꽃을 순식간에 잠재웠던 명약이었다. 자식을 향한 어머니의 간절한 마음이 녹아있던 그 국밥을 재현하고자 안간힘을 쓴다.

멸치 다시마 육수에 포기김치를 숭숭 썰어 넣고 한소끔 끓인 다음 콩나물, 달걀 등 약간의 부 재료들을 넣어가며 끓이다 보니 솔솔 풍겨나는 익숙한 냄새가 화를 동하게 한다.

꼭 같은 음식을 두고도 옛날 그 맛이 아니라며 투정부리기 일쑤이지만 이 냄새만큼은 이제나저제나 한결같아 우선 안심이다. 손맛 입맛 모두 달라졌어도 미각의 중심을 잡아주는 김치의 우월성 덕에 어머니의 김치 국밥이 어렵지 않게 완성됐다.

뚝배기에 밥을 담고 그 위에 따끈한 국을 몇 국자 끼얹으면 진수성찬이 부럽지 않은 나만의 소울 푸드가 완성된다. 평소엔 소식(小食) 운운하면서도 이 국밥만큼은 뚝배기 위로 큰 산 하나가 더 솟아있기를 원한다. 건강한 삶을 위해 옥죄고 산 세월에 반항하듯 원 없이 풀어놓고 마음껏 흘려 넣어도 큰 무리가 없다.

휘파람 불 듯 휘휘 불어가며 한 그릇 뚝딱 비울 즈음이면 헛헛한 마음에 훈기가 돌고 그 시절 주위를 맴돌던 미풍이 비로소 내 안에서 꼬물거리기 시작한다. 허기지고 힘들 때, 불안하고 답답할 때 간간이 찾게 될 나의 비밀 병기, 어디 이것뿐이랴.

무쇠 솥에서 쪄낸 할머니의 명란알찜, 온 식구가 두레상에 둘러앉아 호호거리며 퍼 먹던 띄운 비지찌개, 식사 후 돌아오는 특별한 후식, 쌀뜨물 숭늉 등 하나씩 꺼낼 때마다 삶이 풍요로워질 테다. 열거한 소찬들을 굳이 영혼의 음식이라고 이름 붙이긴 뭣하지만, 옛 맛을 추억한다 함은 생애 가장 평온했던 그 시기로 회귀할 수 있다는 점에서 결코 거하지 아니하다고 할 수 없다.

세상의 흐름이 힘에 부칠 때를 대비해서 소울 푸드 몇 개쯤 품고 사는 것도 나쁘지 않겠다.

4부

용감한 잔소리꾼

할머니가 뿔 났습니다

지척에 사는 손녀들을 만나기 위해 집을 나섭니다. 손가락을 꼽아보니 녀석들이 다녀간 지 일주일도 채 안 되는데 무척 오래된 듯합니다. 남편은 빙판길을 살피며 조심 운전을 하는 동안 저는 아이들의 꼬물거리는 광경을 상상해 봅니다.

지금쯤 큰녀석 서현이는 인형놀이 하느라 갖가지 도구들을 펼쳐 놓았겠고 무법자 리아는 뒤뚱거리며 그 위를 휘젓고 다니겠지요. 그러면 서현이는 동생을 얼리고 달래다가 끝내는 멀찍이서 딴 살림을 차릴 겁니다. 두 아이가 몇 번 살림살이를 폈다 접었다 하는 사이 집안은 온통 장난감 천지가 되겠지요. 이때쯤 어미의 숨겨놓은 카드가 발동할 겁니다.

"자, 얼른 장난감 정리하세요. 할아버지 할머니 오실 거예요."

어미의 말이 떨어지기 무섭게 아이들은 신나서 폴짝거리며 창가에 가 붙어 서겠지요.

"하버지 할머니가 왜 안 오시지?"

녀석들이 지나가는 불빛을 보며 기대와 실망을 반복하는 사이 우리는 성큼 안으로 들어섭니다.

그 다음 달콤한 뽀뽀 세례를 폭포수처럼 퍼붓겠지요. 아직도 신호등을 몇 개 더 지나야 하는데 마음은 이미 녀석들을 품에 안고 양 볼을 부빕니다.

근데 오늘은 상상이 과했던 탓인지 왁자지껄해야 할 현관이 조용합니다. 조급해진 어미가 채근을 해도 안에서는 미동조차 없습니다. 그나마 무법자 리아의 열렬한 환영이 있어 조금 위안이 됩니다.

오랫동안 온 가족들의 사랑을 독차지하던 서현이는 동생이 태어나자 뒷전으로 밀려난 상실감에 '아니! 싫어!' 만을 내세우는 속상한 네 살입니다. 거기다가 배꼽인사 하랴, 존댓말 하랴, 식사예절 지키랴, 어른들의 성화에 아이의 스트레스는 이만저만 아닐 겁니다. 때문인지 요즘엔 우리들의 출현에 극과 극으로 반응합니다. 기분 좋은 날은 최고의 환대를 그렇지 못한 날은 눈길도 안 줍니다.

오늘같이 흐린 기운은 어미와의 전작이 있었음을 알리는 신호입니다. 눈치 구단인 우리들이 이런 호기를 놓칠 리 없지요. 손녀의 인사쯤은 생략하고 얼른 녀석의 모드로 돌입합니다.

단 몇 초 만에 아이는 우리를 놀이방 친구로 끌어들입니다. 이때부터 우리는 녀석의 하수인이 됩니다. 숨바꼭질할 땐, 몇 번이고 정해준 장소에만 숨어야 하고 병원놀이며 구연동화며 모두 녀석이 주관하지요. 몸을 사리지 않고 열심히 따르다 보면 가끔 팁으로 저희 어미에게 혼난 일을 고자질해 옵니다.

"할머니 어제 밤에 엄마한테 쫓겨났어요. 너무 너무 추워서 팔을 이렇게 했어요. 그리고 깜깜해서 무서웠어요. 오줌도 마려웠어요."

한 손으로 어깨를 감싸고 다른 한 손으로 아랫도리를 쥐어짜며 밖에서 벌 받을 때의 모습을 재현합니다. 그런 모습이 귀엽고도 안쓰러워 녀석을 끌어안으면 바로 뿌리치고 일어나 '할머니, 이렇게요 이렇게.' 하며 똑같은 동작을 반복합니다.

이럴 땐 마음이 쏴아 합니다. 온 동네를 몇 번 들었다 놓았을 아이의 울음소리와 네 살배기 철부지를 길들이겠다고 초강수를 둔 어미의 마음이 읽혀진 탓이지요. 이렇듯 어미가 아이에게 주는 사랑의 체벌도 가슴이 저린데 올 연초부터 불거진 고국의 어린이집 아동학대사건은 아픔을 넘어 경악을 금치 못하겠습니다.

서현이와 똑같은 네 살배기 아동들을 편식한다는 이유 혹은 글자 터득이 늦다는 이유, 수면 시간에 돌아다닌다는 이유 등등 별의별 가당찮은 이유로 무차별 상습폭행을 가했다니 얼마나 어이없는 일인지요. 폭행 방법도참으로 다양합니다. 토끼 귀 비틀기, 슬리퍼로 때리기, 가슴 쥐어박기 등등 감히 유아들의 교육현장에서 일어났다고 상상할 수조차 없습니다. 그동안 수면아래 놓였던 상습 폭행 사건들이 한 달 내내 전국 각지에서 우후죽순처럼 떠오르고 있으니 어찌 통탄할 일이 아닌지요.

이런 일련의 사건들은 단순히 사명감 없는, 인성이 삐뚤어진 교사들의 횡포로만 여겼는데 알고 보니 그 뒤엔 가당치도 않은 법이 존재하고 있었군요. 출산장려의 일환으로 여성들의 육아고

통을 줄여주기 위해 아동무상보육을 실시한 지 2년차 법이 빚어낸 비극이었습니다.

어설픈 두 살짜리 법 때문에 전국 각지의 수많은 서현이들이 수난을 겪고 있으니 이 할미는 뿔이 납니다. 자녀 양육은 모든 어미들의 자연스런 본분이 아닌지요. 우리의 현명한 젊은 어머니들이 알아서 할 일을 엉뚱한 분들이 나서서 그르치고 있으니 참으로 알다가도 모를 일입니다. 제발 이번 사태가 아픈 만큼 성숙하여 우리의 꿈나무들이 행복하게 자랄 수 있는 토양으로 거듭나기를 소망합니다.

오월에는

봄비 내리는 토요일 오후, 손녀 서현이와 데이트를 계획한다. 아니 계획이라기보다 불현듯 스친 생각이다. 세 살짜리 아이의 버릇을 바로잡느라 회초리를 들었다는 아들 마음이 안쓰럽고, 시시때때 그 앞에서 자지러질 아이를 떠올리니 마음이 아려서 한 역할 하고 싶었던 게다. 나이에 맞는 가르침은 아이에겐 필요하겠지만 나에겐 일련의 과정들이 아픔으로 다가온다.

데이트 장소는 아이가 좋아하는 장난감 가게로 정했다. 호기심에 빠진 아이의 발걸음에 보조를 맞출 수 있을지 의문이지만 꿈의 궁전을 원 없이 돌다 보면 부녀의 신경전이 조금이라도 느슨해지지 않을까. 이제 겨우 세 번째 봄을 맞는 새싹과 함께 데이트할 생각하니 고목에 초록물이 드는 것 같다.

아이를 카시트에 앉히고 옆자리에 좌정했다. 뽀송하고 보드라운 손을 입술에 갖다대니 녀석은 나보다 더 어른스런 미소를 짓는다. '아이는 어른의 아버지'란 윌리엄 워즈워스의 무지개가 그 얼굴에 걸린 듯하다.

'할머니 집 말고 장난감 가게 가는 거지요?' 아이는 다짐하듯 묻는다. 아뿔싸. 얼마 전까지만 해도 할머니 집 외출이 최고였는데 요즘은 인기가 시들해졌다. 덩달아 할머니 시세도 예전만 못함을 실감한다. 전자기기가 만연한 풍요의 시대에 아이에게 반대 여건을 고집했더니 이제 먹히지 않는 시기가 된 모양이다.

아마도 지금 아이가 기억하는 할머니 집은 고장 난 텔레비전에 몇 안 되는 장난감과 내용을 달달 외우는 동화책 몇 권만이 있는 곳일 게다. 부엌의 싱크대며 수납장, 화장대 등 아이가 탐냈던 곳은 아낌없이 개방했고 숨바꼭질이며 춤, 노래까지 몸 개그도 불사했건만……. 무정한 녀석이다. 예전의 인기를 회복하려면 절충안을 고려해야 할지말지 고민을 해야 할 것 같다.

차가 쇼핑몰로 진입하자 아이는 '여기 아니고 저기!' 하며 눈에 익은 곳을 손짓하며 조바심을 낸다. 남편과 나는 카트를 밀기보다 아이의 양손을 하나씩 잡고 매장으로 들어섰다. 부모와 함께 오면 으레 그러는 듯, 두어 번 스윙을 해 달리더니 걸음을 멈춘다.

'하버지는 요렇게 할머니 손잡아요.' 아이는 남편과 나의 손을 엮어주고 옆으로 빠져 나와 내 손을 잡는다. 그리곤 자유로운 한 손으로 장난감을 짚어가며 영상 속의 캐릭터와 조잘거린다. 아이 답지 않은 기특한 생각을 한다 했더니 나름대로 속셈이 있었던 거다.

아이와 눈높이 테이트는 의외로 재미있었다. 아직 뭔가를 가지고 싶은 욕망이 적은 연령대라 품에 안는 것보다 보는 걸 더 좋아했다. 아이가 이끄는 대로 다니며 보아주고 태워주다 보니 함께 즐기는 시간이 되었다. 특히 사내아이만 둘 키운 나는 무기고 같은 장난감 코너가 삭막하게 각인되어 있는데 비해 여아들의 코너는 아기자기 하면서도 이야기가 있는 공간이어서 다채로웠다. 아이는 과자 한 봉지를, 우리는 공주님 드레스와 장난감 노트북과 알파벳 블록 쌓기 한 통을 골라서 차에 올랐다.

손수 고른 과자 봉지를 안고 흡족한 표정으로 사각거리는 아이의 얼굴은 바로 천사의 모습이다. 밝고 맑은 순수함의 대명사, 저 얼굴을 위해 어른인 나는 무엇을 어떻게 하며 살아야 하는가.

세월호 참사 이후 묵직하게 누르고 있던 돌덩이가 비로소 흔들리기 시작한다. 자식들 위해 나선 길이지만 오히려 위안을 받는 시간이 되었다. 비통함 속에 어이없이 보낸 사월의 아이들은 가슴에 묻고 오월에는 다시 시작해야 한다.

실추된 우리의 모습을 세우기 위해 그리고 저 어린 새싹들을 위해.

(2014. 5. 5.)

잘난 견(犬)

제시카네 애완견 '진도'는 모국 태생이다. 녀석은 태어난 지 수주 만에 한 이주(移住) 가족 틈에 끼어 북미 땅을 밟게 되었다. 순수한 혈통은 아니지만 외모나 기질이 영락없는 진돗개다. 서양 일가의 일원이 된 지 어언 6년, 이젠 그 집안에서 중요한 자리를 꿰찬 영특한 녀석이다. 근육질의 몸매, 백색의 외양, 좌중을 압도하는 위용 등등 내세울 게 많은 녀석은 언제나 도도한 눈길로 이웃 친구들을 한풀 꺾고 본다. 아니 그들 스스로 녀석 앞에 엎드리기에 길들여졌다. 거기다가 주위 사람들까지 한국화 시키고 있으니 여간 기특하지 않다. 수시로 녀석의 일거수일투족을 보고(?) 받는 나는 속으로 쾌재를 부른다. 명문가의 한 혈족이 모국을 알리는데 일조하고 있기 때문이다.

몇 년 전, 새로운 사업체를 인수하고 손님 익히기에 열중해 있던 어느 날이었다. 한 백인 중년여성이 두 손을 합장한 채 다가와 '제시카'라며 자신을 소개했다. 우리의 예법에 다소 서툴기는 해도 스승을 잘 만난 티가 나서 흐뭇했다. 제대로 된 수인사 한 번에 우리는 통하는 사이가 되었고 감지할 수 없는 어떤 유대감이 형성되는 듯 했다.

어느 화창한 봄날이었다. 한껏 흥분된 어조로 다가선 제시카가 창밖으로 손짓을 했다. 나는 춘풍에 겨운 여인의 몸짓쯤으로 생각하며 무심결에 밖을 내다보다가 한순간 시선이 멈췄다. 차창 안에서 우리 쪽을 향하고 있는 모국의 명견, 진도(珍島) 지킴이가 거기 있었다. 고향 까마귀는 더 반갑다더니, 녀석을 엉뚱한 곳에서 보게 되니 가슴까지 뭉클했다. 그제야 의미 있는 제시카의 몸짓이며 예절교육 선생이 명확해졌다. 흐뭇한 미소로 녀석을 바라보던 그녀는 미루고 미루었던 속내를 털어놓았다. 통하는 사람과 소중한 무엇을 나누고 싶어 하는 그녀의 마음이 내게로 전해져 왔다.

'진도'는 뉴욕을 거쳐 생후 3개월 만에 토론토로 안겨온 국제견이다. 이색적인 이목구비에다가 명문가의 혈족임을 입증하는 증빙서류까지 갖춘 진도는 뿌리에 약한 서양일가를 한눈에 압도시킨 모양이다. 녀석을 가족의 일원으로 낙점한 날부터 제시카네 집에서는 조용한 변화가 일기 시작했다. 한국 알기가 그것이었다.

새 가족을 배려하는 열정이 우리네의 정서와 사뭇 다름을 알게 된 계기였다. 녀석이 성장하면서 진돗개 특유의 명징이 하나씩 나타나니 가족은 그에게 차츰 함몰되어 갔다. 하지만 새로운 문제점이 대두되기 시작한 것도 이 시기부터였다. 어려서부터 길 들여졌던 음식을 달가워하지 않는 것이었다. 한창 발육이 왕성한 시기에 찾아온 음식 문제는 그의 가족들을 긴장시키기에 충분했다. 하지만 가공식품의 선택 폭은 넓지 않았다. 그러던 중 출생지에서 찾아낸 해결점이 홈 메이드 식사였지만 요리법이 문제였다.

제시카는 그림에서 본, '냄비요리' 소위 짬밥의 실체를 알 수 없었다. 궁리 끝에 쌀과 고기를 주원료로 하여 각종 채소를 넣고 끓이기 시작했다. 진도에게서 금방 반응이 왔다. 코를 벌름거리며 입맛을 쩝쩝 다시는 것이었다. 그때부터 제시카는 콧노래를 부르며 녀석의 식사 요리를 하느라 분주했다. 입에 맞는 음식이라 먹성도 좋아져서 웬만한 양으로는 당할 수가 없었다. 틈나는 식구마다 요리에 매달리고 냉장고는 녀석의 식재료로 복잡해졌다.

모든 게 순조로이 해결되어 한시름 놓을 때쯤, 엉뚱한 곳에서 사단이 났다. 그녀의 남편이 묵혔던 감정을 터트렸다. 바쁘다는 핑계로 제대로 된 식탁을 받아 본 지가 옛날인데 엉뚱한 녀석이 호강을 하니 울화가 치민 것이었다. 거기다가 시도 때도 없이 후각을 자극하는 음식 냄새도 그의 짜증을 더하게 했다. 설상가상 사춘기에 접어든 딸아이의 질투는 또 가관이었다. 어머니의 사랑이 개에게 집중되었으니 그럴 만도 했다. 제시카를 향한 가족들의 불만이 최고조에 달했을 때 영리한 진도가 해결의 실마리를 풀었다.

녀석의 사랑이 제시카로부터 사춘기 딸아이에게로 옮겨 간 것이다. 둘이서 어울려 재롱떠는 모습을 지켜보며 남편의 요구도 한층 누그러졌다. 그리고 집안엔 예전의 평화가 다시 돌아왔다.

진도가 자신의 소임을 다하는 동안 가족들은 녀석에 대한 사랑만큼 한국이란 나라를 사랑하게 된 것이다. 제시카 네는 이웃이나 주위 사람들에게 한국의 전도사로 통하는 것이 즐거움 그 자체다.

'조국을 벗어나면 모든 사람이 애국자가 된다.'는 말이 있다. 하지만 그 축에도 못 끼는 녀석이 한 역할 톡톡히 해내고 있으니……

  사람이나 동식물, 모두를 아우르는 마땅한 찬사 법을 찾느라 골똘한 요즘이다.

옛날 옛적에

　첫 손녀를 본 지 어언 일 년이 지났다. 며느리가 아이를 가졌다는 소식을 접한 순간, 말할 수 없는 기쁨아래 곧 할머니가 된다는 황당함도 스멀거렸다. 오십 후반의 첫손자는 그렇게 이른 편도 아니었건만 초가을 어디쯤으로 착각하고 있던 내 인생의 계절이 갑자기 겨울로 전환되는 느낌이었다. 하지만 삼십여 년 만에 집안에서 아이의 울음소리가 들리던 날, 그 쏴아 했던 감정은 나도 모르게 사라지고 할머니란 소리가 술술 저절로 나왔다. 정겨운 호칭이 하나 더 주어졌을 뿐, 그 이상도 이하도 아니라는 생각까지 들었다.

　아이의 탄생으로 썰렁했던 집안에 훈기가 돌고 메말랐던 감성이 봄비 맞은 들녘처럼 촉촉해졌다.

　나날이 달라지는 아이의 재롱으로 활력이 생겼고 팍팍하던 삶에 윤기가 돌았다. 그렇게 나의 생활 속으로 깊숙이 들어왔던 녀석이 지금은 장거리 출타 중이다. 대구 친정에 다니러 간 며느리에게서 종종 아이의 일상을 담은 동영상이 온다. 비록 단편적이긴 하나 아이의 부재로 인한 허전함을 메우기엔 안성맞춤이다. 오늘도 새로 보내온 동영상을 보고 또 보며 그 속으로 빠져들다가 신기한 모습이 눈에 들어왔다.

손녀 서현이가 홀 한 가운데에 깔린 매트리스 위에서 비틀베틀 걷고 있었다. 젖먹이를 안고 빙 둘러 앉아있던 애기엄마들의 시선이 모두 서현에게 쏠렸다. 어떤 애기엄마는 부러운 듯, '저기, 언니 걷는 것 좀 봐.' 하는 음성도 들려왔다. 펼쳐진 상황이 상상되지 않아 아들에게 물었더니, 엄마와 함께하는 생후 6~7개월 반, 유아조기교육실의 광경이라고 했다. 말하자면 한 돌짜리 서현이가 동생들 반에 침입하여 아장걸음으로 부러움의 대상이 된 상황이었다.

동영상을 몇 차례 더 돌려보며 이 기이한 현상을 관찰하다가 머리가 뻐근해옴을 느꼈다. 조기교육 열풍이 젖먹이들에게 까지 뻗쳐있음이 확연해서였다. 무한경쟁시대에 교육이 대세라지만 유아들의 성장발육까지도 교육에 의하여 이루어진다는 게 씁쓸했다.

시대에 맞는 할머니 역할을 하려면 현재 돌아가는 추세는 알아두어야 할 것도 같아서 인터넷으로 모국의 영유아 교육을 검색했다. 한 사이트에서 영유아교육의 적정 시기에 대한 설문조사가 있어 보았더니 놀랍게도 육십 프로가 넘는 응답자가 생후 6개월부터 12개월 전후가 가장 바람직하다고 답했다. 또한 교육의 지표는 창의력과 신체발달, 인성에 역점을 두었고 감성적인 아이로 키우기 위해서 오감을 골고루 자극할 필요성이 있다고 피력하였다. 하나하나 짚어보니 모두 바람직한 이론을 기초한 목표설정이었으나 정형화된 방법이 마음에 걸렸다. 교육의 시기도 태아교육을 생각하면 이르다고 볼 수 없지만 교육기관에 의한 교육시기를 그렇게 잡는다는 게 의아했다.

'배움은 요람에서 무덤까지'라는 속담을 실천시키는 시발점으로 보아야 할지 아리송하기까지 했다. 꼭 전문교육기관을 거쳐야 아이가 제대로 성장할 수 있다고 믿는 젊은 엄마들의 사고가 위험스럽고 틀에 박힌 시스템 안에서 얼마 마한 성과를 거둘 수 있을지도 의문이었다.

오늘따라 할머니와 함께 한 나의 어린 시절이 그립다. 어머니의 매운 회초리를 피해 할머니 치마 속으로 숨어들던 기억이며 올망졸망한 형제들 입에 박하사탕 하나씩 물려놓고 '옛날 옛적에……'로 시작한 할머니의 옛이야기는 어린 소견에도 참 재미있었다. 충렬왕전, 박혁거세전, 홍길동전 등등 할머니의 이야기엔 오늘날처럼 인성, 감성, 창의력을 강조하지 않아도 그 속에 모두 녹아있었다. 그리고 특별히 오감을 자극시키는 방법을 터득하지 않아도 산으로 들로 뛰고 놀면서 자연히 해결되었던 그 시절을 내 손녀에게도 주고 싶은 마음이 간절하다. 시대를 거스르는 할머니가 되면 어느 정도 가능할 것 같다.

나의 할머니 같은 할머니가 되기 위해 이야기 창고부터 불려야겠다. 아이가 돌아오기 전에.

뿌리에 대한 정체성으로 고민하던 아들

불의의 기름 유출사고로 절망의 기름덩이가 고국의 아름다운 서해안을 덮쳐 온 나라가 시름에 빠진 지 일주일쯤 된 때였다. 서울에 체류하고 있던 큰아들과의 전화통화에서 뭔가 석연치 않음이 감지됐다. 멀리 있는 부모의 마음을 고려해서 항상 밝고 희망적인 소식을 전해주던 아이였는데 걱정되었다.

기다리다 못해 넌지시 물었더니 좀 엉뚱한 답변이 돌아왔다. 재난을 당한 태안반도로 자원봉사를 가자는 제안에 주위의 그 누구도 반응을 보이지 않는단다. 세기에 드문 큰 재난을 당했는데도 혈기 왕성한 젊은이 들은 강 건너 불구경하듯 한 것이다. 자신과 직접적으로 관련되지 않은 일엔 소극적으로 일관하는 국민성을 아는 터라 주위의 반응에 신경 쓰지 말고 소신껏 행동하란 조언으로 아이의 마음을 다독거렸을 뿐이었다.

그로부터 며칠 후, 말끔해진 만리포해수욕장을 배경으로 두 명의 친구들과 배시시 웃고 서있는 아들의 모습을 메일로 받아보곤 얼마나 감격스러웠는지 모른다. 재생하기엔 전혀 가능성 없어 보였던 새까만 해변이 기껏 열흘 만에 숨통을 트인 모습이나, 겨울 바닷바람에 맞서서 고생한 흔적이 역력한 얼굴로 미소를 머금은 그의 표정이 찐한 감동을 주었다.

"엄마! 이제 시작인 것 같아요. 아직 첫 손길이 못 미친 무인도 며 기름 떼가 거쳐 가는 해안가가 모두 일손이 필요해요."

심한 감기몸살로 인해 꽉 잠긴 목소리로 겨우 현장 상황을 전하는 아들, 불과 얼마 전, 뿌리에 대한 정체성으로 고민하던 '그'라고는 믿기지 않을 만큼 진정으로 피해지역을 걱정하는 말투였다.

아이들은 초등학교 3, 5학년 때 부모의 손에 이끌려 타국생활을 시작했다. 이민초기의 어려움을 잘 이겨내고 무난한 성장과정을 거쳐 건장한 청년이 되어감에 퍽 고무적이었는데 어느 날 산책길에서 가슴이 덜컥 내려앉는 소리를 했다.

모처럼 큰아들과 나선 길이라 흐뭇한 마음으로 이야기를 주고받다가 남편이 모국과 거주국 캐나다 사이에서 갈등하는 마음을 털어놓았다. 담담히 듣고만 있던 녀석이 운을 떼었다. '그래도 아버지 어머니는 언제든지 돌아갈 수 있는 조국이 있지만, 양국에서 이방인인 저는 가슴만 답답할 뿐'이라고. 바로 이민 1.5세대의 뿌리에 대한 정체성, 풀리지 않는 숙제를 놓고 꽤나 고심한 듯 했다. 그동안 추호의 내색도 없었던 그가 그런 생각을 품고 있었다는 사실이 뜻밖이었다.

서양인들 속에서도 기죽지 않고 언제나 당당하게 자라 온 아이였기에 정체성에 대한 갈등은 뛰어넘은 줄 알았다. 주위의 아이들이 이 문제로 고심한다는 이야기를 들으면 그저 특별한 경우이겠거니 했다. 때가 되면 스스로 국가관을 세워 갈 텐데 부모가 사서 하는 걱정으로 치부하기도 했다. 그런데 그것이 바로 내 아이의 문제였다니 참으로 무심한 부모였다.

녀석은 자라면서 둘째와는 달리 한국문화와는 스스로 담을 쌓고 살았다. 훗날을 위해서 수시 모국에 대한 관심을 유도해도 흥미를 가지지 않았는데 아이러니하게 이 문제를 거론하니 의아하기도 하고 안쓰럽기도 했다. 청소년기에서 청년기로 접어들며 겪게 되는 인생의 고뇌는 미래에 좋은 토양이 되겠지만 이 문제만큼은 고민으로 해결될 일이 아닌 듯 했다. 허나 부모가 도움을 줄 수 있는 시기는 이미 지났고, 얼마간이 될지 알 수 없지만 아플 만큼 아프다가 스스로 길을 찾아 일어서길 바랄 뿐이었다.

학업을 마치고 취업 준비로 여념이 없던 어느 날 그는 "얼마간이 될지 모르지만 한국에 가서 직접 경험하며 모국을 배우고 싶다."는 폭탄선언을 했다. 자구책으로 몸으로 부딪히며 이방인 신세를 벗어나려는 강한 의지로 읽혀졌다. 수순을 밟아가며 생업에 뛰어들어야 할 중요한 시기에 나온 발언치곤 무리한 감도 있었지만 그에겐 생존경쟁보다 뿌리에 대한 정체성이 더 절박했는지도 모른다. 심사숙고 후 내린 결정이라 짐작되어 순순히 승낙하며 온전한 한국인이 되어오길 응원했다.

하지만 시기가 문제였다. 한창 북한의 핵 보유 문제로 시국이 어수선할 때라 혹여 전쟁이라도 터진다면 어쩌나 하는 노파심이 머리를 들었다. 출발을 며칠 앞둔 그에게 "만약 지금 사태가 해결되지 않아 남북전쟁이라도 발생한다면 조국을 위해 싸울 것이냐,

아니면 캐나다 시민임을 내세워 살길을 찾을 것이냐?" 하고 물었다.

"전쟁의 잔혹성을 세계에 알리기 위해 카메라를 들고 전장의 구석구석을 누비고 다니겠다."

그는 이런 문제까지 심각하게 생각해 본 듯 즉답이 돌아왔다. 그런 각오로 그는 인생에서 가장 중요한 시기에 모국 행을 택했다.

'고국은 과연 녀석에게 어떤 모습으로 비춰질까? 혹시 마음의 상처라도 입지 않을까?' 하는 두 마음이 하루에도 몇 차례 그의 빈자리에서 서성이게 했다. 하지만 어미의 조바심은 기우에 불과했음이 곧 인지되었다. 매일매일 사진까지 곁들인 그의 소상한 행보는 인터넷으로 팔로우들에게 보고되고 있었다.

처음엔 부모의 뿌리찾기부터 시작하여 자신의 어린 날 발자취를 거슬러 오르더니 차츰 행동반경을 넓혀 다양한 분야까지 카메라 앵글을 맞춰가고 있었다. 짬짬이 고아원 자원봉사나 모국체험 프로그램도 참여하고 전국 각지를 돌며 사람냄새 풍기는 삶의 현장을 찾아다니는 그의 모국 익히기는 참으로 열정적이었다. 그동안 모국을 향한 목마름이 얼마나 절실했는가를 가늠할 수 있었다.

역동적인 고국의 모습을 실시간 그의 팬들과 공유한다는 것은 뿌듯함 그 자체였다. 해외 매스컴을 통해 타전되는 고국 소식은 언제나 어두운 사건사고가 다반사였으나 뉴스거리가 되지 못하는 그 이면의 고국은 얼마나 살 만한 곳인가! 그의 사진과 글들은 그들이 감히 근접하지 못하는 세세한 분야까지 흥미롭게 들춰내고 있었다. 가족의 뿌리 찾기 과정에서는 그리운 부모 형제들이 자주 주인공으로 등장하여 반가움을 안기더니, 삶의 현장 속에서는 우리들의 잠자던 향수를 자극하기도 했다. 조석으로 변하는 고국의 모습을 익히기란 타국에 바탕을 둔 우리에게 쉽지 않은 일이건만 단편적이나마 이를 통해 거리감을 좁힐 수 있는 계기가 되기도 했다.

약 1년 반 동안 그렇게 누비고 다니며 많은 사람들과 교류를 갖고 스스로 성장을 재촉하더니 드디어 작은 쾌거를 올렸다. 그동안 생활기반으로 삼은 영어교사 생활을 접고 그가 원하는 영화부문으로 진출한 것이었다. 이는 자타가 인정하는 한국인으로 거듭나는 의미이기도 했다. 모국 익히기, 거기다가 홀로서기까지 두 마리 토끼를 동시에 잡다니 대견했다. 뿐만 아니라 앞으로 영상부문에서 북미나 유럽 및 한국과의 교류에 중간 역할을 담당하리란 각오로 매진하고 있으니 참으로 당찬 젊은이가 아닌가.

뿌리에 대한 정체성으로 고민하던 좁은 틀을 뛰어 넘어 이웃의 아픔, 나라의 아픔, 그리고 지구의 아픔을 함께 안으려는 그의 웅지가 나는 자랑스럽다.

용감한 잔소리꾼

한 달 만에 숲 속에 들었더니 허전했던 곳곳에 푸르름으로 채워져 상쾌하다.

겨우 눈 맞추던 잎사귀들이 그사이 활짝 펴서 강렬한 아침 해를 가려주니 대견해서 우러러본다. 쭉쭉 뻗은 고목들이 도열한 듯 줄져 서서 우리를 맞아 주는 숲은 얼마나 갈망하던 곳인가. 긴 호흡으로 그동안 축적된 시름을 삭이며 자연의 넓은 품속을 헤집고 든다.

산을 몰랐던 시절에 비하면 한 달의 공백기는 길지도 않건만 심신이 먼저 자연에의 목마름을 갈구하니 딱한 노릇 아닌가. 하지만 지척에 해소할 곳이 있다는 것은 축복이다. 흡족한 산행 내내 한 가지 바람이 따른다. 다음 세대 그리고 그 다음 세대도 쭈우욱 이 숲에서 안식할 수 있었으면 하고. 그러다가 이내 한 인물이 떠올라 안도의 미소를 머금는다. '그래, 자연공해는 깨인 사고를 가진 이런 사람들이 많을수록 더디게 진행될 것 아닌가.'

우리가족은 건강식품 벌크(bulk)샵을 운영한다. 매장에 들어서면 '포장된 상품에 비해 50%의 쓰레기를 절감하는 벌크 푸드를 선택하라'는 슬로건이 첫눈에 들어온다. 환경오염을 줄이는데 나름대로 일조한다는 자부심으로 근무하는 일터에 가끔씩 잔소리꾼이 들어와 나의 기를 죽인다.

지난 30년 간 플라스틱 포장제품을 단 한 차례도 사용한 적이 없다는 그는 나를 아연실색하게 한다. 우리 생활 전반에 들어와 사용되는 플라스틱을 한두 달 정도면 모를까 수십 년간이나 사용하지 않을 수 있을까 하는 의문이 생기지만 평소 그의 행동을 보면 이해가 되기도 한다.

애를 들면 모든 식품들을 비치해둔 플라스틱 봉지 대신 자신이 준비한 꼬깃꼬깃한 종이를 재사용하거나 땅콩버터나 잼 같은 습한 종류의 식품은 골판지상자에 받아간다. 그의 생활 철칙이 대의를 위한 것이니 공감은 하지만 자기가 솔선수범하는 만큼 타인도 그렇게 하길 종용하니 종종 문제를 일으킨다.

하루는 잠깐 카운터를 비운 사이 사태가 벌어졌다. 쇼핑을 끝내고 계산을 기다리는 손님을 향해 불화살을 날린 것이다. "플라스틱이 완전히 썩는데 2,000년이 소요되며, 매년 토론토 크기의 면적이 쓰레기 매립으로 잠식당하고, 거기에 소모되는 우리의 혈세가 얼마며 등등……" 기분은 언짢지만 구구절절 맞는 말씀이라 맞설 수가 없는 손님은 비닐봉지 사용한 죄(?)로 아침부터 수난을 겪어야 했다.

이럴 때 그 누구의 편도 들 수 없는 주인 입장은 난처하다. 하지만 불똥이 화마로 번지기 전에 완충 벽을 놓는 일도 나의 몫이다.

"공해 발생 물질을 줄이자는 그대의 의견도 백 번 옳고 손님 또한 우리 가게를 찾았으니 이미 쓰레기를 반은 줄인 셈이다." 하고 끼어들었다.

인내심이 한계에 달했던 손님도 차츰 완화되어 수긍하는 쪽으로 기울더니 이내 환경론자가 되어 합세했다. 그리곤 튼튼한 아마천 쇼핑백을 꺼내 계산된 물건과 우리들의 아침 담화도 함께 챙겨 돌아섰다. 이미 환경보호를 실천하고 있는 손님께 민폐를 끼친 '용감한 잔소리꾼'이 영업에까지 영향을 미칠 뻔 했지만 느슨해졌던 경각심을 다시 일으키는 계기가 됐다.

우리의 잔소리꾼의 전 재산은 달랑 가방 한 개다. '무소유'라 거칠 것 없이 당당하고 세상의 기준으로 볼 때 2% 부족하여 용감하다. 30년 동안이나 환경오염 물질을 거부하며 살아도 삶에 큰 지장을 받지 않은 그가 작금의 세태에 대하여 하고 싶은 말은 또 얼마나 많을까. 끝없는 욕망으로 멍드는 지구, 그것으로 인한 갖가지 재앙들이 부메랑 되어 인명과 재산을 앗아가는데도 늦추지 않는 욕망의 늪을 안타깝게 바라보면서 말이다.

한평생 자연환경보호를 위해 헌신한 '스코트 니어링' 선생의 자연친화적 삶이 점점 더 회자되는 요즘이다. 삶은 간소하고 검소하게 꾸리되 문명의 이기는 가능한 적게, 대신 자연은 사랑하는 마음으로 무한정 껴안으라는 지침. 복잡다단한 현대사회에서 그대로 답습하기엔 무리한 점도 있지만 모두가 함께 사는 길이라면 마다 할 리 있겠는가.

졸업시즌에 갖는 회한

    장대비 속에서 초여름을 맞는다. 싱그러운 계절과 달리 오가는 행인들의 품새는 다소 느슨해져 보인다. 맞물려 돌아가던 톱니바퀴가 서서히 이완되는 느낌이랄까. 거리의 차량들도 차츰 줄어드는 듯 하고 팍팍하던 생활권이 헐렁해져 옴을 느낀다.

    아이들의 찰진 웃음을 싣고 도심을 빠져 나가는 이들은 가족끼리 장거리 여행길에 오르거나, 호숫가 휴양지에서 도약을 꿈꾸다 여름 끝머리쯤 다시 모여들 것이다. 학생들의 학제에 맞춰 돌아가는 사회 구조가 신선하면서 부럽기도 하고 때론 시류에 편승 못해 안타깝기도 하다. 이제나저제나 생업에 발이 묶여온 가족 함께 휴가를 떠나기는커녕 꼭 참가해야 할 중요한 자리마저 나서지 못해 발을 구를 때가 많다. 벌써 오래 전의 일이지만 늘 이맘때면 떠오르는 서글픈 기억이 하나 있다.

    큰아이가 대학 신입생이 되어 바쁘게 지내던 어느 날, 그의 모교로부터 졸업식 초대장을 받았다. 구월 어느 날 밤이라는 날짜를 확인하고 나서야 고등학교 졸업식을 건너뛰었다는 생각이 났다.

보통 유월 하순경에 치러지는 졸업식이 몇 달 뒤로 연기된 것도 그렇고 이미 대학생이 되었는데 새삼스레 고교 졸업식을 한다는 것도 의아했다. 어쨌건 온 가족이 참석하여 축하를 해야 했지만 시간이 여의치 않은 게 문제였다. 며칠을 두고 고심하고 있는데, 전후 사정을 고려한 아이가 혼자 참석하겠다는 결론을 내렸다. 섭섭함 뒤로 장부의 기상이 엿보여 다소 위로가 되었다.

그날 밤, '걱정하지 말라'며 당당하게 집을 나섰던 아이가 침울한 표정으로 돌아왔다. 예식이 생각보다 성대했고 감명 깊게 치러졌다며 대학 졸업식 땐 꼭 함께 하기를 희망했다. 애써 담담한 척하며 경과를 보고하는 녀석을 보며 무리를 해서라도 참석하지 못했음이 후회되었다.

2년 후, 둘째의 졸업식 날이었다. 사정이 여의치 못함은 그때와 별 차이가 없었지만 큰아이의 간곡한 권유와, 처음이자 마지막인 아이의 고교 졸업식을 놓치고 싶지 않아 혼자서 참석했다. 학부형석에 홀로 앉은 나는 처지는 어깨를 애써 세우며 식전의 실내를 돌아보았다.

요란하지 않으면서 진정성이 묻어나는 치장이며 1, 2층 넓은 객석에 빼곡히 들어찬 축하객들의 여유로움이 눈에 들어왔다. 형식보다 졸업생의 노고를 진심으로 치하하기 위한 분위기가 읽혀져 좋았다.

잠시 후, 객석의 술렁거림과 함께 백파이프의 선율에 따라 하얀 가운을 걸친 교사들이 손을 흔들며 입장했고 뒤이어 청색 가운의 졸업생들이 자유롭게 들어섰다. 모든 축하객이 열렬히 기립박수를 보냈다. 운집한 군중 속에서 용케 어미를 찾아내어 손을 흔드는 녀석, 비단 우리 모자뿐이 아니었으리라.

그날은 신나는 둘째 옆에 쓸쓸한 표정의 큰아이가 내내 어른거렸다. 단상 위에서 졸업장을 받을 때, 우수학생이 되어 상장을 받을 때, 꽃다발을 안고 폼 나게 사진을 찍을 때도 마찬가지였다. 그 많은 사람들 중에 자신을 지켜 봐 주고, 시시때때 기쁨을 교감할 수 있는 가족의 부재가 얼마나 서글픈 일인지, 그 자리를 경험하기 전에는 큰아이의 마음을 다 헤아리지 못한 어미였다. 후회 없는 삶이 어디 있을까만 유독 이 일은 미성년의 아이에게 빚진 마음이 되어 떠나질 않는다.

갓 피어 오른 장미꽃 묶음을 기억 저편의 녀석에게 안겨주고 싶은 유월이다.

5부

술 빚는 날은

한 밤의 깜짝 쇼

어느 날 밤, 자정이 가까워 올 무렵이었다. 일과를 마치고 컴퓨터 앞에서 몇 글자 토닥거리고 있는데 어디선가 음악소리가 크게 들려왔다. 누군가 음향기기를 잘못 작동시켰나 보다 여기며 하던 일을 계속하고 있는데 남편이 급하게 현관을 나서며 나를 부른다.

'심야에 웬 소동일까. 혹시 이웃의 불구경? 싸움구경?' 나름대로 상상하며 황급히 따라 나갔다. 그리곤 몇 발짝 떼어 놓기도 전에 '어머나 세상에……'를 연발하며 그 자리에서 멈춰 서고 말았다.

고적한 동네의 야음을 깨고 경쾌한 생음악이 옆집 현관 앞에서 연주되고 있었기 때문이다. 꿈인 듯 생시인 듯, 일순간 분위기에 취한 우리는 초대받지 않은 관객 역할에도 개의치 않았다. 신나는 현장을 가만히 살펴보니 네댓 명은 악기를 연주하며 노래를 부르고 있었고, 그 뒤를 에워싼 십여 명의 일행들도 신나게 동참하고 있는 모습이 어둠 속에서 잡혔다. 그리고 밖의 소란과는 무관한 듯 현관문은 닫혀져 있었지만 집 안에서도 숨을 죽이며 이를 경청하고 있음이 느껴졌다.

바이올린과 만도린 그리고 기타의 흥겨운 리듬 속에 어우러지는 노래, 뜻밖의 광경에 어리둥절해진 우리는 그들의 움직임을 주시하랴 음악 감상을 하랴 바쁘게 머리를 움직였다. 누군가 이탈리언 앞에서는 노래 실력을 뽐내지 말라고 하더니 연주도 노래실력도 수준급 이상이어서 한 밤의 무례를 용서하고도 남을 만했다.

노래 한 곡이 멋들어지게 끝나자 집 안팎으로 불이 밝혀지고 박수소리와 함께 현관문이 열렸다. 이때 대표격인 한 사내가 얼른 들어가서 집주인에게 꽃다발을 건네며 포옹을 하자 뒤따르던 일행들이 주인공 내외를 둘러싸고 다시 연주와 합창으로 이어졌다. 그리곤 모두 화기롭게 내실로 향하는 것을 끝으로 왁자지껄하던 분위기가 야밤의 정적으로 돌아섰다. 그들이 사라진 빈자리를 아쉬운 듯이 바라보다가 돌아서는데 이번엔 승용차 십여 대가 집 앞에 도열해 있는 게 눈에 들어왔다.

얼마 전, 산책을 마치고 들어 올 때만 해도 없었던 차들이 잠깐 사이 몰려든 것이었다. 미루어 짐작해보니 환영처럼 나타났다가 사라진 그 광경은, 어떤 일을 축하하기 위하여 친지들, 혹은 지인들이 한 마음으로 모여 연출한 한 밤의 깜짝 쇼였던 셈이다.

보기만 해도 꽤 감동적인 그 이벤트는 유럽인들의 축하 문화인지 아니면 즉흥적인 연출인지 알 수 없었지만 과장이나 허식은 상상조차 할 수 없는 진솔함 그 자체였다. 어떤 좋은 날, 사랑하는 사람들이 무더기로 몰려와서 불러주는 한 밤의 세레나데는 삶의 거친 부분이 말끔히 정제될 것 같은 신선함이 배어있어 좋았다.

구경꾼인 내 마음까지 촉촉한데 정작 주인공들은 얼마나 더 감동적일까 생각하니 부럽기까지 했다. 거기다가 그냥 평범해 보였던 이웃이 격조 있게 여겨짐은 당연한 귀결인지 모른다.

동네 가게에서나 샀음직한 수수한 꽃다발과 음악 몇 곡이 전부인 조촐한 이벤트가 멋스럽고 인간미 물씬거리는 느낌으로 다가오는 이유는 무슨 연유에서일까. 문득 수첩 속 달력으로 눈길이 간다. 숫자 사이로 띄엄띄엄 그려진 별표 밑에 쓰인 메모들……

모 월, 모 일, 모 시, 모 식당에서, 모 모임.

앞뒤를 아무리 뒤적여 봐도 그저 비슷비슷한 노트일 뿐 아름다운 상념이 머물 곳이 없다. 모임은 많았으되 인간적인 만남이 결여된 바쁜 우리의 실상 아닌가. 야밤에 이웃을 놀라게 하는 멋진 이벤트성 쇼가 아니어도 소박한 상 마주하고 앉아 밤 깊도록 정담 나누는 따스한 만남이 부쩍 그리운 저녁이다.

술 빚는 날은

　가슴 한편에서 마른바람이 이는 날 나는 술을 빚는다.

　일상의 흐름이 힘에 부칠 때, 세상과의 소통에서 답답함을 느낄 때, 이 바람은 거칠게 신호를 보내온다. 먼 과거로 회귀하고 싶은 본능이 슬며시 머리를 쳐드는 순간이다. 각박한 삶에 넉넉한 향기를 채우는 나만의 비법, 일 년에 두어 차례 치르는 연례행사다.

　내 안의 해결사로 나서는 술은 계절을 가리는 과일주도 아니고 고도의 기술을 요하는 청주는 물론 아니다. 마음의 회오리 따라 전천후 담글 수 있는 막걸리다. 일상에서 해소가 안 되는 이물질들을 함께 넣어 푹푹 찌고 익혀서 나누다 보면 한동안은 살만한 세상이 된다.

　'이번에는 무슨 막걸리를 담글까. 현미, 찹쌀, 좁쌀 주? 옳지, 순수한 맛보다 어울려서 빚어내는 혼합주를 담가보자.'

　이렇게 밑그림을 그리다 보면 마음은 벌써 어릴 적 어느 잔칫날 언저리에서 서성인다. 풍요로웠던 기억으로 다가가는 순간이다.

　술 담그기에 적당한 날짜가 잡히면 묵은 곡식들을 꺼내고 부재료들을 준비하며 부산을 떤다. 집안일에 한가로이 하루해를 보낼 형편이 아닌 나에게 믿는 원군은 오직 남편뿐이다. 막걸리 반 잔으로 만취의 기분을 내는 주량이지만 술 담그는 일에는 그도 즐겁게 가담한다.

이른 아침 곡식들을 씻어서 물에 불린다. 잠자던 양푼들이 모처럼 외출하는 날이다. "내 손님은 좁쌀, 네 손님은 현미 쌀……." 양푼들의 수다가 싱크대 위에서 늘어지도록 네댓 시간 푹 둔다. 다음 소쿠리에 담아 물기를 빼고 곡식들을 골고루 섞은 후 베보자기를 깐 찜통에 넣는다. 김이 오르고 끓기 시작하면 이번엔 찜통에서 좀 요란한 소리가 난다. 휙! 휙! 온 부엌 안에 쌕쌕이 분대가 떠다니는 듯하다. 그대로 두면 찐 밥은 고사하고 선 밥이 시간만 축낼 뿐이다. 옆으로 빠져 나가는 열기를 가두는 지혜가 필요한 시기다. 바로 이때 두 장의 흑백 사진이 선연히 떠오른다. 떡시루를 안치고 느닷없이 밀가루반죽을 하던 어머니와 시루 가장자리에 말라붙은 밀떡을 식칼로 떼어내던 할머니의 모습이. '아하! 그것이었어.' 두루마리 화장지를 풀어서 찜통 둘레에 돌리고 쇠젓가락으로 꾹꾹 찔러 넣으며 '세월 많이 좋아졌지.' 하는 사이 쌕쌕이 분대가 사라진다.

주재료가 익혀지는 동안 한쪽에선 정량의 이스트와 누룩을 각각의 용기에 담아 미지근한 물에 불려 놓는다. 옆엔 맑게 가신 항아리에 필요한 양의 생수도 대기 시켜 둔다.

이렇게 시대를 거슬러 오르는 일을 하다 보면 잡념이 끼어들 틈이 없다. 현대와 과거를 넘나들며 지혜를 짜내기도 바쁜 탓이다. 찜통 위로 수증기가 시원스럽게 오르고 구수한 밥 냄새가 진동하면 두어 번 찬물을 끼얹고 뒤집기를 하며 뜸을 들인 다음 불을 끈다.

날곡식이 찐 밥으로 화하기까지 인내가 필요하다. 이른 아침 곡식을 불리는 과정부터 완성될 때까지 결코 적잖은 시간이 소모된다. 하지만 그 속에는 물과 불을 간접적으로 다스리는 덕목이 내재되어 있고 현대인이 간과하는 은근과 끈기의 묘미도 오롯이 맛볼 수 있다. 내 마음을 들여다보고 부족했던 부분을 되새김하는 여유를 가지는 순간이다.

그 옛날 어머니가 그랬던 것처럼 찬물에 식힌 손을 찜통 속으로 쑥 들이민다. 그리고 찐 밥을 한 움큼 쥐어서 주물럭거린다. 애타는 눈동자를 굴리며 기다리는 조무래기들 손바닥에 하나씩 오르던, 어릴 적 일급 간식이 알가기를 하고 나온다. 손자국이 선명한 주먹밥을 한입 쑥 베어 물면 행복이 멀리 있는 것이 아님을 실감한다. 순수하고 담백한 맛이 온갖 향료로 길들여진 현대인의 입맛을 압도한다. 이 맛을 공유 하고 싶어서 식구들에게 후한 인심을 쓴다.

널찍한 함지박에 찐 밥을 쏟고 미지근해질 때까지 선풍기를 틀어서 속성으로 열을 식힌다. 그리곤 준비된 이스트와 누룩을 골고루 섞어서 항아리에 담는다. 이때쯤 거실 한 귀퉁이엔 일주일간의 보온실이 마련된다. 하지만 따뜻한 온돌방이 가장 절실한 때이기도 하다. 온도 따라 춤추는 술 맛을 모르는 바는 아니나 묶인 손이 없으니 방법이 없다. 담요로 항아리를 감싸고 그 위로 전기장판을

약하게 켜놓는다. 그래도 일정한 온도를 유지시키기가 어렵다. 이때 추워도 더워도 별 탓을 않는 항아리 덕을 좀 본다.

종종거린 하루해를 다 잡은 술독이 버티고 앉으면 마음은 벌써 어릴 적 옛 시절로 돌아가 있다. 한 달 걸러 돌아오는 제삿술 대느라 3대 독자 안방에는 언제나 술독이 아랫목을 차지하고 있었다. 하얀 두 버선발을 항아리에 모우고 앉아서 이쪽저쪽으로 밀어가며 온도를 맞추시던 할머니 모습이 선하다. 또 언젠가 형제들이 장난치다가 다 익은 술독을 깨뜨려 난장판이 됐던 광경 그리고 완고한 아버지의 뒷북치기는 진땀나는 추억담이다.

하루에 두어 번 긴 주걱으로 술 술 저어주는 일은 그이의 몫이다. 그럴 때마다 설익은 술 냄새를 풍기며 벙긋벙긋 술꽃이 핀다. "아직 머리에 피도 안 마른 녀석이 벌써 술 냄새를 풍기네." 대견해서 하는 그이의 감탄사다. 만발하던 술꽃이 잦아들면 아침저녁으로 라이터 불을 들이밀며 술 익기를 재촉한다. 그러기를 일주일, 말갛게 가라앉은 동동주에 내 얼굴이 비취고 그이가 당긴 라이터 불이 독 안에서 꼿꼿하게 서 있으면 만사를 제쳐두고 술을 거른다.

항아리를 휘휘 저어 자루에 쏟고 힘껏 문지르고 거르는 일은 그이의 업무고 맛을 보고 술의 농도를 맞추는 일은 나의 일이다. 이때쯤, 부엌 바닥엔 크고 작은 술병들이 줄줄이 늘어서고 홍당무가 된 두 얼굴은 실실 웃음을 흘린다. 상온과 저온을 거듭하며 숙성되어 갈 때쯤, 우리 집 술맛이 들었노라 자랑하고 싶어서 입이 간질간질해진다.

걸쭉한 막걸리에 해물파전 혹은 고기 몇 점 구워 놓고 그이와 마주앉는 오붓한 시간엔 삭막한 세상사는 저만치 물러 서 있다. 그리곤 이때마다 나오는 시구 한 연,

술 익는 마을마다 타는 저녁 놀
구름에 달 가듯이 가는 나그네

마리아네 불고기

여름휴가를 마치고 보름 만에 집에 돌아오니 텃밭의 잡초가 주인행세를 하고 있었다.

그동안 심한 가뭄에다 눈치 없는 불청객까지 침입하여 십여 종류의 채소가 노랗게 질려있다.

출발 전 없는 시간 쪼개어 심혈을 기울인 작품이건만. 급한 마음에 허겁지겁 텃밭을 돌고 있는데 낌새를 알아차린 옆집 마리아 아주머니가 큼직한 애호박 두 개를 자랑스럽게 흔들며 건너온다.

'에게게, 우리 집 호박은 이제야 눈 맞추려는데 이놈들은 언제 이렇게 자랐담?'

첫 수확이라며 튼실한 호박을 건네주는 손끝으로 노부부의 정성이 찐하게 전해져 온다. 그녀는 예외 없이 우리의 텃밭을 둘러보곤 회심의 미소를 지으며 부재중에 있었던 동네소식을 따끈따끈하게 전해준다.

우리 가족은 옆집 마리아 부부와 십 년 넘게 돈독한 이웃 정을 나누고 있다. 이태리언인 칠십대의 그들은 성격도 소탈하고 정이 많아서 마치 우리의 시골 인심을 연상하게 한다. 생업에 바쁜 우리를 대신하여 정원의 나무 손질도 곧잘 해 주는 등 집 관리에 적잖은 도움을 받고 있다. 특히 텃밭을 가꾸는 실력은 우리 같은 아마추어 솜씨로는 도저히 따를 수 없는 경지여서 자문도 많이 받고 채소 모종이며 수확물도 자주 보낸다. 그때마다 우리는 답례하기가 여간 어렵지 않다. 그들이 건네주는 채소는 대부분 우리의 식생활에 용이하게 쓰이지만 우리 텃밭에서 가꾸는 깻잎이나 아욱, 쑥갓, 갓, 열무 같은 푸성귀는 그들에겐 무용지물이나 마찬가지다. 나는 궁리 끝에 음식으로 감사함을 표하기로 했다.

집안에 행사가 있거나 별식을 하는 날은 음식 접시가 옆집으로 담을 넘는다. 주로 만두, 잡채, 김밥, 고기류 등 맵거나 짜지 않은 종류가 주종을 이루지만 가끔씩 김치도 다른 음식과 곁들여 선을 보이기도 한다. 그때마다 돌아오는 반응은 상상을 초월하는 극찬이다. 토마토소스 하나로 모든 맛을 통일시킨 이탈리아 음식에 비해 다양한 종류에 정성까지 곁들인 한식이 그들의 오감을 자극하지 않았을까. 자아자찬에다 은근히 상대방 음식을 비교 분석하는 마음까지 곁들인 일방적인 음식 보내기가 곧 양방향으로 빈번하게 오가게 되었고, 덕택에 우리가족은 본토 이탈리아 음식을 자주 접하게 되었다.

그러던 어느 날, 마리아 아주머니가 자신의 사위와 손자가 한국음식 마니아라며 불고기 요리법을 배우고 싶어 했다. 나는 뜻밖의 제안에 놀라지 않을 수 없었다. 평소의 그녀는 늘 상대방을 배려하고 자신의 주장을 잘 드러내지 않는 성품이지만 음식에서만큼은 상당한 아집을 가진 듯했기 때문이다. 물론 대부분의 여성들은 자신이 만든 음식에 대한 자부심이나 긍지는 대단하다. 하지만 그녀는 정도가 좀 과해서 종종 나를 갸우뚱하게 한다. 이를테면 이탈리아 음식을 세계인의 대중음식으로 치부한다거나 세상에는 피자나 스파게티 외에도 다른 음식이 수없이 존재한다는 걸 인정하지 않으려는 정도이다.

뿐만 아니라 봄만 되면 우리 텃밭을 넘겨다보며 토마토를 많이 심지 않는다고 성화를 부린다. 토마토소스는 우리의 고추장이나 된장처럼 이탈리아 음식의 기본 식재료이기에 그들은 드넓은 텃밭 반 이상을 다양한 토마토 모종으로 채운다. 하지만 우리는 밭 한쪽 귀퉁이에 그것도 대여섯 주를 넘지 않게 심으니 그녀의 눈에는 위험천만으로 보이기 십상이다. 남의 집 장류까지 토마토소스로 대체된 줄 아는 그녀가 우리의 요리비법을 배우겠다니 속으로 쾌재를 부를 일이었다. 나도 그들의 음식 중 라자니아를 제대로 배우고 싶던 차에 잘된 일이었다. 우리는 흔쾌히 동의하고 적당한 날을 잡아 양국의 요리법을 교환하기로 했다.

어느 날, 퇴근하기 바쁘게 마리아 아주머니네 부엌에 당도하니 필요한 재료는 말끔하게 손질되어 있었고 시간이 많이 걸리는 밑 소스는 이미 끓여놓은 상태였다. 마켓에서 갈아 온 사슴고기와 쇠고기를 후추, 소금, 와인으로 양념하여 재워두었다가 볶아내고 싱싱한 오레가노, 타임, 베이질 등은 곱게 다졌다. 다음엔 준비해 둔 토마토소스에 볶아 놓은 고기와 향신료들을 함께 섞어 다시 끓이면서 다른 한쪽에선 라자니아 피를 삶았다. 그런 다음 용기에다 적당하게 익은 라자니아 파스타를 깔고 모차렐라 치즈와 준비해둔 소스를 한 켜 한 켜 올렸다. 마지막으로 파머선 치즈를 뿌리고 오븐에서 구워내면 되었다.

평소 내가 했던 방법과 차이점이 있다면 돼지고기 대신 사슴고기를 사용했다는 점과 다양한 향신료를 싱싱한 그대로 사용한 점, 소스의 묽기 그리고 파스타 삶는 법 등이었다. 이를 계기로 어설펐던 나의 이탈리아 요리 솜씨가 전반적으로 대수술을 받은 셈이었고 혼자서 몇 번 하다 보면 자신이 붙을 것 같았다.

며칠 후 우리부엌에서도 비슷한 방법으로 한식요리 강습이 있었다. 용도에 맞게 썬 고기와 양념류는 물론 추후 마리아 아주머니의 홀로서기를 위하여 고추장이나 깨소금 등 그녀가 장만하기 어려운 양념은 따로 넉넉하게 마련해 주었다. 우리의 요리법은 준비한 양념장에다 고기를 넣고 양념이 골고루 배이도록 주물러주면 끝인데 그녀에겐 그것도 쉽지 않은 모양이었다. 이것저것 맛을 보아가며 그 과정들을 노트에 열심히 적어서 다음을 대비하고 있었다.

예로부터 집집마다 장맛이 다르다고 했다. 주부의 손맛에 따라 장맛은 물론 음식 맛 또한 천차만별이지 않은가. 어느 날 내가 전수시킨 불고기가 특이한 맛으로 변신하여 돌아온 것을 보고 이런 말을 실감했다. 아주머니는 요리 강습 후 처음으로 실습한 양념불고기를 푸짐하게 담아 와서 품평을 해 달라고 했다. 불과 며칠 전에 맞교환한 요리법을 곧바로 실습에 옮긴 그녀의 급한 성정에 놀라며 솜씨를 가늠해 보고자 고기를 구웠다.

서양아주머니의 손에서 만들어진 우리의 불고기는 색깔부터 야릇하더니 맛은 참으로 특이했다. 꼭 같은 재료와 양념을 사용했건만 빚어낸 맛은 온전히 서양의 맛이었다. 요리강사의 소감을 채근하는 그녀에게 먼저 가족들의 품평을 물었더니 오리지널 맛을 위해 더 노력하라고 했단다. 나의 소견도 동감임을 표하며 갖은 양념을 듬뿍 넣고 손으로 잘 주물러야 제 맛이 난다는 특별 비법까지 전수해 주었다.

아마도 나의 라자니아 만드는 솜씨도 이와 유사하지 않을까. 비록 첫솜씨는 어설펐지만 열심히 하다 보면 자신들의 입맛에 맞는 맛을 내게 되리라는 생각에 젖어 있는데 아주머니는 다음 강습이 언제냐고 묻는다. 잡채, 김밥, 만두 등등, 그동안 선보인 우리 음식을 모두 섭렵하겠다는 의지로 다가서는 그녀를 보며 머릿속은 다음 시간을 잡느라 부산해진다. 크고 작은 파티가 일상인 이태리언들, 그때마다 특별 식을 만드느라 끙끙대는 그녀에게 기꺼이 한식을 들려주리라는 욕심이 발동한다.

음식만큼 전달력이 강한 수단이 또 있을까 싶어 애국하는 마음으로 빠듯한 시간을 쪼개어 다음 시간을 잡는다.

해외에 거주하는 우리는 대문만 나서면 다국적 이웃들과 소통한다. 그들에게 비친 나는 개인의 '나'보다 한국인으로 인식이 된다. 한 개인의 사소한 언행이 한국인 전체로 비약되어 평가되니 자칭 외교관이라는 사명감으로 매사에 모범이 되려고 노력한다. 또한 좋은 이미지의 한국을 알리기 위해 자신들의 능력을 십분 발휘하며 뛰고 있는 우리는 이름 없는 대한민국 홍보대사들이다.

질곡의 이민 삶에서 만난 아리랑

한민족의 꿈과 애환이 서린 민요 '아리랑'을 북미에서 만났다. 전후 세대인 나는 아리랑에 내포된 민족의 애환이나 정한의 슬픔을 절절히 체험하지 않고 자랐다. 학교에서도 현대감각에 맞추어 개작된 '신 아리랑'을 배운 정도이니 나에게 아리랑은 그저 옆에서 부르면 따라서 흥얼거리는 민요에 불과했다. 하지만 이런 아리랑이 힘겨운 이민살이 중 두 번씩이나 나를 일으켜 세운 감동의 음악이 되었다.

아리랑 아리랑 아라리요. 아리랑 고개를 넘어간다.
나를 버리고 가시는 님은 십 리도 못 가서 발병 난다.

아무리 노랫말을 읊조려 보고 곡조를 흥얼거려 보아도 아리랑은 그저 힘없는 민초들의 신세한탄정도로 여겨진다. 하지만 매듭진 인생사 앞에서는 그 어떤 연유를 가리지 않고 스멀스멀 파고들어 매듭을 풀어내고야 마는 아리랑의 저력은 강한 것만이 능사가 아님을 주지시켜준다. 가늘고 긴 호흡으로 천 년을 돌고 돌아 북미까지 그 세를 확장시킨 아리랑을 나는 이렇게 만났다.

캐나다에 정착한 지 삼 년 정도 되었을 때다. 이민 초기에 가졌던 원대한 꿈은 낯선 환경과 문화 속에 파묻히고 고된 생활전선에서 심신이 많이 피폐해져 있던 시기였다. 이런 때 아이들의 학교에서 음악회가 있다는 통지가 왔다. 학교 관현악단에서 바이올린과 플롯 주자로 활동하고 있던 녀석들의 사기를 생각해서 꼭 참석해야만 했는데 주어진 현실은 그렇게 만만하지 않았다.

연중무휴, 하루 스물네 시간 오픈하는 조그만 도너스 샵을 운영하던 우리 부부는 단 몇 시간도 빠져 나오기도 힘든 상황이었다. 며칠을 고민하며 인력을 짜 맞춘 후에야 겨우 참석하기로 결정을 내리고 나니 그것만으로도 숨통이 트이는 듯 했다.

연말연시의 술렁임에다 크리스마스 무드가 절정에 달한 12월의 어느 날 밤, 우리부부는 어렵게 일손을 놓고 허겁지겁 학교로 갔다. 일 년에 두어 번 있는 큰 행사여서 그런지 온 동네 사람들이 다 모인 듯, 대형 연주홀은 이미 만원이었다.

간신히 틈을 비집고 들어간 우리는 손에 든 프로그램을 채 펼치기도 전에 조명이 꺼지며 무대의 막이 올랐다. 순간 와자지껄하던 장내가 조용해지고 수천의 관중이 첫 음악에 관심을 쏟고 있는데 뜻밖에도 '아리랑' 선율이 울려 퍼지는 게 아닌가. 그 순간 놀라움과 기쁨에 숨을 죽이며 나는 남편의 손을 꼭 잡았다.

고요하면서도 장중하고 애조를 띠면서도 경쾌하게 연주되는 아리랑은 축 처져 있던 심신을 사방으로 공 굴리듯 했다. 그렇게 정신없이 음악에 휘둘리다가 정신을 차린 나는 무대 위의 작은 애국자들에게 시선이 꽂혔다. 자부심으로 똘똘 뭉쳐 신나게 활을 그어대는 그들의 상기된 얼굴은 관중을 향해 천 년의 힘을 불어넣는 듯했다. 노란 꽃이 만발한 사이사이로 점점이 떠있는 까만 씨앗들, 그들이 가꾸어갈 세상에도 아리랑은 이미 스며들고 있었다.

칠십여 명의 단원을 향해 어깨를 들썩이는 지휘자의 제스처를 보며 우리 가락은 서양인에게서도 우리의 흥을 이끌어내는 묘한 마력을 지녔다는 생각이 들기도 했다. 서양학생들이 서양의 악기로 연주한 음악은 이별의 통한을 애달파 하는 슬픈 아리랑이 아니라 이별 뒤의 재회를 반기는 환희의 아리랑이었다.

그냥 경청하기엔 너무 아까워 주위를 둘러보니 감격스런 표정으로 귀를 곤두세운 채 심취해 있는 동포들의 모습이 눈에 들어왔다. 그동안 힘들었던 타향살이가 한으로 풀려나오는 듯, 우리의 아리랑은 여러 멍든 가슴을 그렇게 어루만져 주고 있었다.

'한과 거리가 먼 어린 학생들의 연주로 이어진 20여 분 간은 서양인들 일색인 관중 한가운데서 맛본 짜릿함과 자랑스러움이 우리의 심금을 울려준 감동의 무대였다.

두 번째 만남은 최근에 있었다.

심한 몸살감기로 가게의 내실에서 잠깐 쉬고 있는데 만면에 희색을 띤 남편이 얼른 나와 보라고 했다. 무엇보다 휴식이 필요했던 나는 못 들은 척 돌아눕다가 궁금증에 못 이겨 매장으로 나갔다. 마침 손님과 마주하고 있던 남편은 대뜸 귀에다 손나팔을 만들며 한 손으로 허공을 손짓했다. 나는 그이의 손길 따라 빈 천정을 응시하다가 그만 선 자리에서 멈칫했다. 너무도 귀에 익은 우리의 아리랑이 FM 방송을 타고 캐나다 전역을 강타하는 순간이었다.

갑자기 강한 전류가 온몸으로 흐르는 것 같았다. 한국이 낳은 세계적인 서양 음악가들의 연주는 자주 전파를 타서 정서적 갈증을 해소하지만 우리의 전통민요 아리랑은 처음인 듯했다.

한 소절이라도 놓칠세라 조바심을 내며 귀를 기울이고 있는데 음악은 다양한 변주로 태평양을 거침없이 차고 나와 대륙으로 휘몰아치며 연주되고 있었다. 장중함과 역동성이 골고루 배합된 음악 저변엔 희석되지 않은 고유의 멜로디가 홀로 아리랑 고개를 넘고 있어 더 도드라진 품새를 열어 보였다.

코리아 포크송으로 소개된 아리랑은 '나를 버리고 가시는 임은 십 리도 못 가서 발병 난다.'는 소극적인 과거의 대응이 아니라 '세상 사람들이 나를 모른다면 평생 후회하게 되리라,'는 강력한 메시지로 들렸다. 민족의 한이 서리서리 얽혀서 만들어낸 힘의 원천 아리랑은 긴 세월 동안 켜켜이 쌓은 한을 벗어던지고 당당하게 세계인의 감성으로 들어 와 활개를 쳤다. 참으로 신통했던 일은 한 곡의 음악으로 만병이 치료되어 또 열심히 살아냈다는 점이다.

위에서 언급했듯이 내가 만난 두 번의 아리랑은 질곡의 이민생활 중 가장 힘든 시기에 나를 일으켜 세우고 앞으로 나아갈 힘을 갖게 했다. 첫 번째의 만남은 내 속에 잠재한 한을 안으로 삭히며 순화시켜 주었다면 두 번째의 그것은 순화된 감정을 푹 익혀서 다시 뛸 수 있는 힘의 원천이 되었음이다. 민요 아리랑을 통하여 전통문화가 현대의 우리에게 얼마나 중요한 영향을 미치는지 새삼 깨닫는다.

질퍽한 삶의 소용돌이에서 허둥대는 사람이 어디 나뿐이랴. 물질만능시대에서 피폐해진 심신을 다스릴 수 있는 최고의 명약은 역시 전통의 향기에 푹 빠져보는 것이다. 무분별한 외래문물에 침식되어가는 조국의 현실을 안타까운 마음으로 지켜보면서도 한편으론 우리 것을 세상에 내보내는 손길도 있어 안도한다.

세계 방방곳곳에 흩어져 사는 한민족을 하나로 묶을 수 있는 유일한 끈은 우리의 감성을 일깨우는 전통문화가 아닐까. 더 많은 손길이 더 다양한 문화를 내보내어 안과 밖이 하나 될 수 있었으면 하는 바람을 가져본다. 드넓은 세상을 품기 위해서는 순수한 우리 것만큼 힘 있는 것도 없음을 타국에 살면서 비로소 깨우친다. 세계가 공감하는 문화 코드, 이젠 진정한 우리 것이 통하는 세상이 되었다.

출근길에 스테레오를 켜니 귀에 익은 선율이 또 흐른다. 남편과 나는 동시에 라디오를 손짓하며 함께 흥얼거린다. 전장으로 향하는 군사들의 사기에 불을 지피는 아리랑, 요즘 부쩍 그 출현이 잦아졌다.

또 다른 삶의 풍경

긴 철조망 넘어 푸드 터미널이 시야에 들어오면 마음은 갑자기 바빠진다. 이른 새벽 고이 잠든 이웃을 깨우며 서둘렀건만 늘 지각이다. 벌써 앞선 선수들의 선점으로 쓸 만한 물건들은 빠져나갔거나, 혹은 상황 종료를 알리는 사인을 매단 채 뒤꼍에서 점잖게 우리를 굽어보고 섰다. 머릿속엔 주문 받은 물목으로 빡빡한데 진열대는 털갈이 짐승마냥 숭숭해져서 늦은 손님을 맞는다. 나머지 방법은 단 하나, 발바닥에 불꽃을 일으키며 이삭줍기에 돌입한다. 날이면 날마다 아무리 알람시계 바늘을 앞으로 돌려도 감히 근접 못할 또 다른 삶이 여기 '푸드 터미널 꽃시장'에서 활개치고 있다.

매년 오월이면 우리 가게에선 늦추위가 가시길 기다려 공용주차장에 펜스를 치고 봄을 들여 놓기 시작한다. 이때는 시즌을 알리는 골프장 손짓도 먼 산 보듯 해야 하고 내 좋아하는 오월 숲도 울안에서 감내해야 한다. 건강식품과 봄철 가든은 무슨 상관관계가 있는지 모르지만 20년 넘게 전임자가 해오던 대로 따른 지가 어언 몇 해째다.

힘겹게 시작한 첫 해와는 달리 해가 거듭 될수록 재미가 붙어 간다. 삭막한 콘크리트 바닥에 생기를 돋우고, 화려한 색감을 뿌려보는 쾌감도 있지만 새벽 푸드 터미널 꽃시장을 헤집고 다니는 재미는 삶의 원동력이 된다.

큰 물량은 대부분 배달을 받아 해결하지만 손님들의 갖가지 요구를 충족시키려면 첫새벽 잰걸음은 필수다. 그곳에 가면 내 좋아하는 색색의 꽃들이 지천으로 깔려 있어 행복하다. 겨우내 농부들의 땀과 정성으로 피워낸 결실들이 곳곳에서 간이역 주인들을 기다리고 있는 모습은 정겹다.

이곳에 들면 자연히 야채 모종가게부터 시작이다. 토마토, 고추, 호박, 오이… 겨우 떡잎 면한 놈부터 개화기를 앞둔 놈까지 다양한 종류의 모종들이 플라스틱 모판 위에서 빨리 데려가 주길 애원한다. 사람은 코스모스처럼 하늘하늘해야 눈길을 받지만 모종은 반대로 오동통해야 먼저 손길을 받는다. 메운 음식과는 거리가 먼 이곳에 20여 종의 다양한 고추 모종은 고춧가루 소비왕국의 국민인 나를 놀라게 한다.

토마토 모종은 종류도 수십 가지, 이름도 참으로 특이하다. 비프스테이크, 글래머, 쥴리엣, 젯 스타 등도 그렇고 울트라 보이(걸), 빅 보이, 어얼리 걸, 베러 보이, 레몬 보이, 원더 보이 등 보이와 걸을 붙인 토마토는 왜 그렇게 많은지 신기할 따름이다. 차례대로 몇 가게를 거치다 보면 어느덧 조그만 농장이 내 차안에 차려진다.

이때부터 여유를 부리며 꽃모종 가게를 기웃거린다. 봄, 여름 꽃은 물론이고 가을꽃까지 새초롬히 피어서 한들거린다.

어설픈 상술로 꾸려가는 중국 할머니 가게에서는 가격이 좋아서 몇 아름 꾸리고, 모퉁이 부녀 가게는 제라늄이 싱싱해서 단골 된 지 오래다. 갖가지 꽃들이 손짓하는 대로 지그재그 옮겨 다니다 보면 이내 만차가 되지만 꽃 욕심은 쉬이 물러서질 않는다. 그들이 나를 원하는지 내가 그들을 뿌리치지 못하는지 알 수 없는 일이다. 마지막으로 빼놓을 수 없는 곳은 장미묘목 가게다.

상큼한 미소, 장미꽃보다 예쁜 젊은 댁이 알아서 챙겨주니 고마워서 생긋 웃다 보면 독일장미, 한국장미가 만발한 장미원에 아침 해가 기웃거린다. 이때쯤 출구는 그들의 꿈을 향해 꽃차 행렬로 만원을 이룬다. 인생사 갖가지 고난들이 여기인들 비켜 갈 리 있겠냐만 신선함으로 무장된 이곳에선 무엇이든 녹여낼 것 같은 예감이 든다.

'내일 지구가 멸망한다 해도 오늘 한 그루 사과나무를 심겠다.' 는 사람들을 위하여 새벽별 보기도 마다하지 않는 동네. 살아서 너울대는 삶의 향기, 꽃향기는 방문자의 몫이다. 그들의 건강한 삶의 체취가 나를 통하여 메마른 이웃에게 다다르게 되리라.

오늘 드디어 나의 손님들로 부터 화답이 왔다. 칙칙했던 마을 분위기가 덕택에 화사해져 간다고, 그리고 꽃들이 만개하는 어느 날 한번쯤 다녀가라 한다.

6부

가족이란 울타리

가족이란 울타리

아들 내외와 한시적 동거를 하고 있다. 매사 자유로움을 구가하는 신세대와 모든 짐 내려놓고 홀가분함을 누리고픈 구세대와의 조합인 셈이다.

며느리를 맞으면 무조건 2년은 함께 살겠다고 별렀던 우리부부의 오랜 바람에 아이들도 순순히 응해 주었다. 막상 녀석들을 우리의 그늘 아래로 들이고 나니 우리 부부의 고유의 영역을 차츰차츰 잠식해 왔다. 그들은 물리적인 영역뿐만 아니라 시간과 사유의 공간까지 침입해 들어왔다. 일 년 남짓 동거하는 동안 신혼부부는 자리를 잡아가는 듯하고 우리내외는 새로운 트렌드에 적잖이 당황하기도 하며 공통분모를 찾느라 허둥대고 있다. 온 식구가 몸으로 부딪혀가며 미운 정 고운 정 쌓아가고 있는 지금, 새삼스레 우리 가족의 향방을 짚어 본다.

이웃에는 늘 눈여겨보는 두 가정이 있다. 외딴섬처럼 동네 한가운데 홀로 떠 있는 한 백인 중년여성의 가정과 삼대(三代)가 한집에서 오순도순 살아가는 인디언 가정이 그것이다. 후자의 가정은 요즘 심심찮게 보이는 단출한 삼대 가족이 아니라 미성년자 다섯 남매를 둔 젊은 부부가 어머니와 두 동생을 거느린 대가족 구성이다.

나는 한때, 가족들 부양으로 허리가 휘어지는 대가족의 젊은 부부를 가엾게 생각하면서 홀로 여유를 부리며 살아가는 외딴섬 백인여성을 동경한 적이 있다. 최소한 그들의 일상을 세심하게 관찰해 보기 전에는 그랬다.

내가 일시적으로나마 동경했던 그녀는 훤칠한 키에 중년의 나이임에도 군살 한 점 없는 몸매와 탄탄한 경제력, 부양가족에 대한 책임이나 의무 없이 홀가분한 삶을 영위하는 모습이었다. 생업과 집안일로 내 자신을 들여다 볼 수 있는 시간이 변변치 않았던 나는 모든 시간을 자기 자신에게만 쏟을 수 있는 그녀가 자연히 부러울 수밖에 없었다. 하지만 매사 여유롭게 비춰지던 그녀의 환경이 결코 바람직하지 않다는 걸 깨닫는데 그렇게 오랜 시간이 걸리지 않았다.

그녀는 늘 행복한 모습과는 거리가 먼 표정을 짓고 다닌다. 마음의 거울이 우울한 데엔 그만한 이유가 있을 터였다. 정원손질을 할 때나 집수리를 할 때, 그녀는 항상 혼자서 일을 한다. 계절이 바뀔 때마다 집치장은 동네에서 가장 먼저 산뜻하게 하면서 함께 즐길 가족이 없다는 게 슬퍼 보이기도 한다. 그녀의 집은 낮엔 사람들의 왕래가 없어 적막하고 밤엔 전등을 켜는 일이 드물어 늘 암흑이다. 더구나 뿔뿔이 흩어져 있는 가족들이 일 년에 두어 번 함께 모이는 크리스마스나 부활절마저도 낯선 차량이 주차해 있는 광경을 본 적이 없다. 얼굴에 냉기를 띠고 홀로 쓸쓸히 나다니는 그녀를 보면 가족이란 울타리를 엮어주고 싶은 마음이 간절해진다.

반면 인디언 가족은 시시때때 북적거린다. 그들의 생활은 부유하지 못하고 주거환경 또한 깔끔함과는 거리가 멀지만 열 명의 식구가 넘나드는 출입문은 언제나 열려 있다. 또한 그들이 물어 나르는 소식으로 집안은 늘 활기가 넘친다. 잠시 내가 가엾게 여겼던 그 집 가장의 팔뚝과 가슴언저리에는 다섯 아이의 생년월일과 이름 문신이 빼곡히 들어차 있다. 자식에 대한 아버지의 사랑을 가늠할 수 있음이다. 이런 따뜻한 가정에서 동거하는 열 식구들의 표정은 하나같이 정이 뚝뚝 묻어날 것 같은 탐스러움이 면면 가득히 스며있다. 만약 우리가 다른 곳으로 이사를 간다면 함께 동행하고 싶은 이웃 일순위로 이들을 꼽는다.

그 인디언 가정은 우리의 과거 모습이며 백인여성의 가정은 우리의 현재, 혹은 미래의 모습인지 모른다. 아이들과 함께 하는 동안 잘 품고 다스려서 이 두 가정의 중간쯤에 뿌리를 내렸으면 하는 바람을 가져본다.

아버지의 마지막 선물

　모처럼 고국의 여동생과 느긋하게 전화기를 맞잡았다.

　오늘은 그쪽 봄소식과 함께 남쪽 들녘으로 '청보리밭 걷기'란 문학기행 계획을 알려준다. 꽉 짜인 틀 속에서 나서는 세 자매의 여행길에 함께하지 못하는 미안함과 아쉬움이 고개를 든다. '청보리밭', 참으로 오랜만에 눈으로 읽혀지는 풍경이다. 풋풋한 보리 냄새, 달큰한 봄바람 그리고 초록물결 넘치는 보리밭 사잇길로 봄노래 흥얼거리며 산들산들 걸어 갈 그들을 상상하니 미풍과 함께 외로움이 비집고 나오는 건 당연한 수순 아닌가. 이런 때 저절로 올라오는 아버지의 마지막 선물인 '추억 밟기'는 마음속 한기를 녹이는데 그만이다.

　약 5년 전 친정아버님이 위독하다는 전화를 받고 생전에 한 번이라도 더 뵙고 싶은 마음에서 서둘러 고향집을 찾았다. 때마침 간병 차 친정에 머물러 있던 두 언니와 동생, 나는 딸린 혹들을 모두 떼어 놓고 네 자매가 오롯이 만나기란 처음인 듯 했다. 아버님의 병세는 노환이라 큰 호전됨 없이 그날그날을 죽이고 계셨고 며칠째 병상을 지키는 딸들이 안쓰러웠는지 어머니는 바람이라도 쐬고 오라며 네 딸들을 밖으로 내모셨다. 막상 떠밀려 밖으로 나왔지만 병상에 계신 아버님과 연일 날밤을 지새우며 고생하시는 어머니를 생각하면 희희낙락할 수도 없고, 누군가 어린 시절 추억 밟기나 하자고 제안했다.

고향이라곤 하나 간간이 부모님만 뵙고 바쁘게 다녀가는 객이라 그런 여유는 상상조차 할 수 없었기에 마음이 앞섰다. 우선 건너 동네 우리들의 생가부터 시작해서 하루에 열두 번도 더 오르내렸을 좁은 골목길을 네 자매가 줄지어 걸으면서 마음 깊은 곳에 묻혔던 희미한 기억들을 떠올렸다. '여기에선 무슨 일이 있었고, 또 저긴 누구네가 살았고', 어린 날의 정겨웠던 기억들이 때를 만난 듯 너울댔다. 함께한 추억들, 때로는 혼자만 간직한 기억들을 더듬으면서 그 옛날에 뿌려 놓은 보석 알갱이들을 주워 꿰느라 모두 분주했다.

발길은 자연스레 우리 육 남매의 모교인 유영국민학교 등굣길로 이어졌다. 흐르는 세월 앞에 장사 없다더니 그 울창하던 호랑이 발톱 나뭇길은 듬성듬성 성글어 있었고, 위풍당당하게 버티고 섰던 교문 안 은행나무도 초라하긴 마찬가지였다. 충무 시내에 소재한 학교 중에 유일하게 그랜드피아노가 놓였던 대강당의 위용도 예전만 못했지만 눈에 익은 곳이라 그나마 정겨웠다.

40여 년 만에 다시 찾은 교정은 흘러간 세월만큼 변하여 낯설었지만 왼쪽 가슴에 하얀 손수건 달고 나풀거리던 시절이 우리에게도 있었음을 증명해 주던 곳이어서 더 소중하게 여겨졌다.

한번 시작한 추억 밟기는 한나절이 다 가도록 지치는 줄 모르고 내쳐 봄, 가을 소풍까지 연결되어 그 길을 걸었다. 토성고개를 지나 문화동 삼거리에 접어들자 우체국 앞 도로에 빨간 우체통이 눈에 띄었다. 단발머리 중학교 시절 유치환의 시 〈행복〉을 처음 접하곤 나도 그처럼 흉내 내느라 곧잘 이용하던 우체통이었다. 방과 후면 에메랄드 빛 하늘이 곱게 잡히는 우체국 창가를 찾아서 내일이면 만날 친구들에게 갖은 폼 다 잡고 종종 엽서를 써 보냈다. 아마도 우정이 어쩌고저쩌고 했을 게다.

학교마다 단골 소풍 장소였던 용화사 뒷동산에 줄지어 앉아 반짝이는 눈빛으로 소풍날의 즐거웠던 기억들을 더듬기에 골몰했다. 옻칠 냄새 밴 찬합 속 연분홍 어묵볶음, 삶은 밤, 삶은 달걀, 칠성사이다 등 소박한 점심과 간식만으로도 최고의 행복을 누렸던 순간들을 상기하며 시작한 노래는 그때의 순간으로 이끌고 있었다.

옛날의 금잔디 동산에 메기 같이 앉~아서 놀~던 곳
물레방아 소리 들린다. 메기 내 사~랑하던 메~기야

잔뜩 응축된 감정을 토해 놓듯 터져 나온 이 노래는 그때의 분위기와 어쩜 그렇게 잘 어울리든지……. 12월의 빈산을 울리던 자연스런 합창은 분홍저고리 고우셨던 젊은 날의 어머니가 솔밭 사이로 걸어 나오시고, 요술쟁이 솜사탕기계 주위에서 군침 삼키며 차례를 기다리던 어릴 적 친구들이 메아리로 화답해오고 있었다.

참으로 오랜만에 동심으로 돌아가 즐기는 동안 짧은 겨울 해는 기울고 있었지만 우리들의 발길은 지칠 줄을 몰랐다. 돌아오는 길은 하루 일정의 마무리 겸 걸어서 해저 터널을 잡았다. 그 즐겁던 소풍 길은 여기서 절정을 이루었기에……

고만고만한 아이들이 먼 길을 걸어오느라 지치고 지루해 할 즈음, 어둑한 터널로 들어서면 우리는 행동의 자유를 얻었고 선생님들은 대열을 재정비하느라 목청을 돋우시던 곳이다.

여전히 희미한 불빛뿐인 터널 안, 한쪽 벽 전광판엔 향토 시인들의 작품이 환하게 손짓하고 있었다. 우리는 누가 먼저랄 것도 없이 큰소리로 낭송해가기 시작했다. 이미 추억 밟기로 고조된 감정에다 빈 터널 안에서 울려오는 적당한 울림까지 운치를 더했다.

그때도 아마, 유치환 님 의 〈행복〉 아니면 〈깃발〉이었을 게다. 이미 오십 성상을 넘은 나이들도 잊고 순수한 소녀적 감성으로 마지막 구절을 끝내 갈 즈음, 우리들 등 뒤에서 요란한 박수소리가 터져 나왔다. 예기치 않은 환호에 뒤를 돌아보니 제법 많은 사람들이 활짝 웃으며 박수를 치고 있었다.

거장들의 '시'밭에서 네 자매가 무아지경 노니느라 오다가다 모여 드는 행인들의 인기척을 미처 헤아리지 못한 탓이었다.

"아이쿠 이를 어쩌누? 잔뜩 풀어 놓은 우리들의 감성이 몽땅 도둑맞았네!"

추억 밟으러 갔다가 또 다른 추억을 만든 하루였다.

지긋이 미소 짓고 그때를 되새기는 사이 안에서 꼬물거리던 향수병이 슬며시 빠져 나간다. 먼 길 떠나시던 아버님의 마지막 선물은 세월의 굽이마다 용케도 흘러 나와 아린 가슴 치유하는 명약이 된다. 메마른 일상에서 아름다운 여유를 가지라 하고 더 가까이서 더 자주 만나며 살라고 한다.

어느 고부(姑婦) 사이

　저녁 산책길에 전나무 숲에 걸쳐진 도톰한 반달이 눈에 들어왔다. 한가위 보름달이 엊그제였는데 불과 며칠 사이 몰라보게 기울어져 있었다.

　평소의 밤하늘은 만월이건 그믐이건 메마른 감성에 물기를 나르는 사색의 창구였는데 팔월 한가위 즈음의 밤하늘은 다른 의도로 자주 올려다보게 된다. 차오르는 달을 보며 다가올 명절 걱정을 했고 기우는 달과 함께 해방감을 맞은 맏며느리의 속내가 그 속에 묻혔기 때문이리라.

　매운 시집살이가 극에 달했던 때는 뭐니 뭐니 해도 명절 즈음이었다. 차례음식 장만부터 수많은 친지들 접대까지 애송이 새댁이 넘어야 할 산은 왜 그렇게 많던지, 시어머니 불호령에 벌벌 떨어가며 눈물바람 몇 구비 돌고 나면 달은 저렇게 기울고 있었더랬다.

　장손며느리 자리가 정신적 육체적으로 버거웠던 그 시절, 기우는 달을 보며 명절 내내 응어리졌던 가슴을 쓱쓱 문지르면 명치끝에 뭉쳐있던 해소 덩어리가 뿌리째 빠져 나가는 상쾌함이 있었다. 그때의 버릇대로 가슴을 문지르며 산책길 내내 한 생각에서 맴돌았다.

만년며느리로 머물 줄 알았던 내가 눈 깜빡할 사이 시어머니가 되고 나니 시시때때 나의 처신이 올바른지 자문하게 된다. 나의 시어머니께 보고 배운 대로 가자니 시대에 안 맞고, 시대에 맞추어 자유롭게 가려니 가족에 대한 며느리의 운신의 폭이 늘 그 자리이다. 우리의 윗세대가 그랬던 것처럼 집안을 이끌어 갈 좋은 제목으로 훈육하면서 돈독한 고부 관계를 유지할 좋은 방법은 없을까 하고 주위를 두리번거리게 된다.

마침 우리 가족이 운영하는 사업장에 시어머니와 며느리가 함께 일을 하고 있다. 나는 자연히 서양 사람들의 고부 관계는 어떨지 궁금하여 그들의 움직임을 면밀히 주시한다. 델리와 베이커리 파트를 담당한 시어머니는 깐깐한 인상의 소유자이고 주로 육고기 파트를 담당한 며느리는 누가 봐도 선한 인상의 웃음 많은 새댁이다. 경력 15년차 시어머니인 밑에서 경력 5년차의 며느리는 집에서나 일터에서나 많이 힘들겠다는 상상을 하던 어느 날이었다.

"쥴리! 어제 저녁에 토마스랑 영화 봤는데 좀 슬픈 장면에서 그가 눈물을 짰어요."

"그랬어? 불쌍한 녀석, 쯔쯔. 근데 케티 넌 어땠는데?"

"약간 슬프긴 했지만 눈물 흘릴 정도는 아니었죠."

고부가 전날 있었던 화제를 양념 삼아 일하면서 나누는 그들의 대화를 들으며 나는 적잖이 쇼크를 받은 건 며느리가 시어머니의 이름을 거침없이 부른다는 사실이, 아무리 문화차이라지만 도가 지나치다는 생각이 들었다. 그동안 약자로 여겼던 며느리 편에서 시어머니 줄리 편으로 급선회하는 계기가 되었다.

이후로도 그들 고부간의 시시콜콜한 대화를 지켜보면서 느낀 것은 두 사람 모두 사심이 없어 보였다. 특별할 것 없는 일상적인 이야기를 진득하게 나누며 궁금증을 풀어가는 관계, 일손이 딸리면 양쪽에서 왔다갔다하며 도움을 주고받는 사이, 주인의 눈에 들도록 서로 엄호해 주는 가족애가 그대로 읽혀져 나는 색안경을 벗고 그들 곁으로 바짝 다가섰다. 서로 품고 토닥이고 나누는 그들의 고부 관계가 합리적이란 생각을 하면서 까짓것 문화차이쯤이야 넘어서기로 했다.

거나했던 명절차림이 칠면조 구이로 대체된 지 오랜데 이 시기만 되면 일어나는 타향살이의 명절증후군, 시어머니께 혼이 나서 눈물 찔끔거리던 것까지도 그리움으로 남는다.

훗날 나의 며느리는 칠면조를 구우면서 가슴 문지르는 일이 없기를 바라는 Thanks Giving 저녁이다.

징검다리가 되어 주마

    자주 다니는 산책로 초입에 실개천이 흐르고 있다.

    물줄기는 약해도 개천 주변이 진흙벌이라 조심해서 건너지 않으면 낭패를 보기 십상이다. 안전지대를 골라 살금살금 건너가다 보면 꼭 필요한 곳에 누군가의 손길이 박혀있다. 자신보다 뒷사람을 위하여 옮겨놓은 돌부리가 여간 고맙지 않아 늘 감사한 마음으로 이곳을 지난다. 조금만 신경 쓰면 모두가 평온해지는 징검다리 역할, 집안에서는 나의 몫이다.

    저녁식사를 끝내고 서둘러 아들 집으로 향했다. 하루 중 가장 여유를 부리고 싶은 시간이지만 며느리의 몸이 안 좋다는 소식에 몇 시간만이라도 아이를 보아줄 셈이었다.

    초인종을 누르고 조금 기다리니 두 모녀가 정반대의 표정으로 나타났다. 활개를 치며 우리를 반기는 손녀에 비해 어미는 주춤거리며 인사하기 바쁘게 시선을 피한다. 분위기가 수상하여 어미의 얼굴을 슬쩍 보니 눈자위가 빨갰다. 온종일 아이에게 부대끼느라 힘은 들었어도 울 일까지는 아닐 텐데, 몸이 생각보다 안 좋은 것 같아 마음이 안쓰러웠다.

그이는 '하버지, 안아.' 하며 팔을 뻗쳐 올리는 손녀를 안고 밖으로 나가고 나는 며느리를 안고 등을 토닥거렸다. 품에 안긴 큰애기는 설움에 겨운 듯 몇 차례 엉엉 소리 내어 울더니, '어머니, 애가 말을 안 들어 속상해요.'라고 했다.

이제 겨우 한 돌 반밖에 안 된 아이가 말을 안 들어서라니, 그만큼 스트레스가 쌓였다는 얘기였다. 어디가 얼마나 아픈지 물어볼 필요조차 없는, 어린아이 양육에 심신이 고달픈 어미였다. 나는 '엄마노릇 하기가 쉬운 게 아니란다.' 위로 아닌 위로를 하면서 속으론 나의 그때를 떠올리고 있었다.

층층시하의 시집살이와 맏며느리노릇에 치어 육아는 늘 뒷전으로 밀려나 속상했던 기억이 오롯이 떠올랐다. 나의 지난날에 비하면 육아에만 전념할 수 있는 지금의 환경이 더없이 행복할 텐데, 넘어서야 할 큰 난간이 없음이 때론 그녀를 무력하게 하나보다.

아이를 업고 동네로 나섰다. 포근하고 부드러운 감촉이 온 몸으로 스며드는 것 같아 좋았다. 선선한 저녁 바람에 아이도 상쾌한지 등에서 떨어져 깨춤을 추었다. 나는 아이의 엉덩이를 들썩거리며 '서현아, 엄마를 슬프게 하면 어떡해?' 했더니 아이는 갑자기 등에 착 달라붙으며 잠잠해졌다. 말귀를 알아듣는 것 같아 의아했다.

잠시 조용하던 아이가 '함니, 달님, 달님.' 하며 팔을 뻗어 하늘을 가리킨다. 뜨뜻한 훈기에 잠이 들려다가 아마도 저녁달이 눈에 띄었나 보다. 아이는 연달아 '나무 커, 멍멍이 커.' 눈에 보이는 대로 외쳤다. 신이 난 할매는 아이에게 더 많은 것을 보여주려 숲 가까이 다가갔다. 어둠이 내리는 나뭇가지마다 짝을 찾는 새들의 지저귐이 요란했다. 아이의 귀에도 그 소리가 들렸는지, '시끄.' 하며 양손을 귀에 갖다대더니 그대로 잠이 들었다. 두 살짜리 아이는 그저 아이일 뿐, 말을 듣고 안 듣고는 어른의 마음이었던 게다.

아이를 등에 업고 동네를 한 바퀴 돌아온 나에게 '어머니, 고맙습니다.'를 연발하며 잠자리를 손질하는 어미의 모습이 쾌청해 보였다. 충분한 시간이 아니었음에도 혼자만의 시간이 명약이었나 보다. 나는 등에 붙은 아이를 살며시 떼어내며 모녀에게 내 마음을 보낸다.

'징검다리가 필요하면 언제든지 귀띔하렴. 곧 바로 달려오마.'

석류, 그 풍요한 주머니 속엔

과일 진열대 앞을 지나다 고향 석류를 만났다. 굳이 생산지가 어디냐고 물어보지 않아도 주먹만 한 크기에 볼품없는 모양새가 어릴 때 자주 보던 놈들과 흡사하게 닮았다. 빛깔 좋은 수입 농산품에 치여 존재 자체도 불분명한 그놈들이 이곳 캐나다까지 상륙했을 리 만무하고, 세상 어딘가에 고향 통영 빛, 통영 바람을 닮은 곳이 있어 이렇게 흡사하게 지어냈는지 감사할 따름이다.

해마다 가을이면 큼직한 석류가 검붉은 빛으로 유혹해도 곁눈질만 했는데 뒤늦게 잔챙이들 앞에서 그만 마음이 멎어버렸다. 여성의 인체에 석류가 그만이라는 사실을 아는 듯, 튼실한 알맹이를 고르느라 열성인 여인들 옆에 나도 슬며시 끼어들어 이것저것 들었다가 놓는다.

여느 과일들처럼 쉽게 장바구니에 담겨지지 않는 석류, 해풍과 태풍을 견뎌내며 아버지의 눈길 안에서 소담하게 익어가던 그런 열매를 찾느라 나는 한동안 남모르는 탐색전을 벌였다.

히말라야 산맥 주변이 본향이라는 석류가, 오랜 세월에 걸쳐 우리 집 앞마당까지 당도했다는 사실을 까마득히 몰랐던 나는, 석류는 우리 집만의 전유물인 줄 알았던 때가 있었다. 나는 석류나무집 셋째 딸이었으니까. 내가 태어나서 자란 옛집엔 해묵은 석류나무 한 그루가 있었다. 나직한 언덕을 받치고 섰던 나무는 자태도 고왔지만 주홍색 꽃눈이 열리는 봄부터 속내를 내비치는 가을까지 동네 사람들의 오감을 자극하기에 부족함이 없었다. 하지만 그 속을 누가 알랴. 울창한 탱자나무 울타리 사이에서도 기죽지 않고 꿋꿋하게 자란 고목의 허리는 여섯 아이들의 발바닥을 받아내느라 늘 반질반질했다.

대여섯 평 되는 나무 밑은 언제나 넉넉한 그늘이 드리워져 있어 우리 형제들의 놀이마당으로는 그만이었다. 아버지의 완고한 성정 탓에 동네 마실이라고는 꿈도 못 꾸시던 어머니까지 가세한 그곳은 늘 아늑했으며 놀잇거리가 항시 샘솟던 곳이었다. 어쩌다 태풍이라도 다녀간 날 아침이면 마당 곳곳에 빨갛게 떨어진 석류꽃을 치마폭이 미어지도록 주워 담던 기억이 엊그제처럼 선연하다.

지금 돌이켜보면 오뉴월 태풍은 우리 형제들의 소꿉놀이를 풍성하게 했지만 칠팔월 태풍은 아버지의 마음을 썰렁하게 만들었을 것 같다.

아버지는 통영 나전칠기 장인이셨다. 한옥을 개조하여 조그만 공장을 들여놓고 몇 안 되는 직공들과 밤낮으로 일에 파묻혀 사셨다. 젊은 나이에 아홉 식구의 생계를 혼자 감당한 아버지는 석류나무 밑에서 뛰고 솟는 자식들을 보는 일이 유일한 낙이었지 싶다. 그 낙이 힘겨운 삶을 지탱하는 버팀목도 되고 때론 당신의 어깨를 더 떨어뜨리게 하는 짐도 되었을 테다.

'숙이야!' 하는 아버지의 부름에 동생들과 툇마루로 달려가면 당신은 가을햇살에 한껏 벌어진 석류를 까고 계셨다. 입안에 고이는 침을 꼴깍거리며 아버지의 손길을 따라가면 불그레한 알갱이가 반짝이며 튀어나왔다. 섬세한 감각이 주특기이셨던 당신의 손에서는 알갱이가 터지는 법이 없었으며 한입 가득 넣어주시는 손맛에는 고소함과 짭조름함이 섞여 있었다. 그때는 신맛, 단맛에 자동으로 가미되는 간기가 신기했는데 나중에야 바다에서 올려진 갖가지 조개껍질을 타느라 자연히 녹아 든 삶의 녹이었음을 알았다.

요즘 따라 작은아이의 얼굴에서 젊은 아버지의 모습이 자주 오버랩된다. 자신의 일신만을 생각하며 뜬구름 좇던 아이가 결혼을 하고 식구가 불어나니 한결 진중해진 이면에 불안함과 초조함이 깃들어 있다. 늘 부모의 보호 속에 있던 아이가 어느 날 갑자기 딸린 가족을 책임져야 하니 그 짓눌림은 상상 이상이리라. 아버지는 완고한 성정으로 가장의 힘겨움을 위장하셨지만 아이는 아직 그 경지까지 미치지 못했나 보다. 자식을 낳아봐야 부모심정을 이해한다더니 아이가 일가를 이루고 나니 이제야 대가족을 이끄느라 노심초사하신 아버지의 고뇌가 가슴에 와 닿는다.

시인 서정주님은 시 〈석류꽃〉에서 '다홍치마 입고 영원으로 시집가는 꽃'이라 했고 프랑스 시인 폴 발레리(Paul Valéry)는 시 〈석류〉에서 '영혼의 숨겨진 비밀을 보았노라'고 했다. 거장들의 시선(詩仙)에서는 아름다움과 내밀함의 극치로 비춰진 석류가 젊은 가장의 손에서는 생활고를 해결하는 고마운 소재로, 나에게는 소박한 동심과 젊은 아버지를 만나는 요술주머니이기도 하다.

석류나무 사이사이로 송골송골 매달린 아이들의 모습이 어제처럼 가깝다.

Pomegranate, Inside the abundant pouch

While walking past a fruit stand, I came across pomegranates from my hometown. It wasn't necessary to ask around to find out its origin as it looked like the fist sized ones I saw often when I was young. Doubting that it might have come as far as Canada, I was just thankful to see that there was a place somewhere in this world that had the same wind and light to produce such similar pomegranates as my hometown, Tong Young.

Every year when fall rolls around, I used to ignore the alluring reds of the pomegranates but recently my mind just stopped in front of the negligible fruit. I decided to sluggishly creep into a crowd of many health conscious consumers who seemed to know that pomegranates are good for women's health and started to dig around. Pomegranates aren't usually the first choice to put in the basket, but I secretly went on a mission to look for the ones that resembled what my dad grew which survived through storms and typhoons.

Not knowing that Pomegranates first appeared around the Himalayas Mountains and took a long period of time since then to reach our yard, I used to just think that it was our house treasure, and that I was the third daughter of the pomegranate house.

There was an aged pomegranate at the house I grew up in. At the bottom of a small hill, the tree's posture was graceful and from spring buds until autumn, it was enough to satisfy all the neighbors' five senses. But no one knew how the tree felt. The trunk of the tree that grew without being discouraged by the giant orange trees around it, was smooth from the constant foot traffic of the six children. Also, there was always enough shade underneath it for our siblings to play around in. Because of my dad's conservative and strict personality, my mother couldn't even dream about socializing with others, but she was able to find something fun to do with the cozy tree. It seems like yesterday when I used to gather all the red pomegranates that fell after a storm in my skirt until the skirt was about to tear. Looking back, May and June was the best for our siblings to play house but July and August storms must have made my dad feel solitary.

My father was a well known master hand-craftsman who produced and decorated lacquer ware inlaid with shiny seashells. In the traditional bungalow that was converted into a small factory, my dad worked with a few employees restlessly day and night. Being responsible for nine souls since an early age, seeing his kids running around under the pomegranate tree was probably one of the few perks. This perk was what helped him overcome the difficult times, and at the same time, it was what put more weight on his shoulders.

When my dad called me out 'Suzy!', I would run over to him with my siblings to see him cracking open a pomegranate under the autumn sun. Swallowing the saliva collected in my mouth from the anticipation, I saw a handful of bright red kernels in my dad's hand. Having sensitive hands as it's what was his weapon, not one seed ever popped in it and when he filled my mouth full of the fruit, I tasted a mixture of sweetness and saltiness. Back then, it was amazing to taste the extra seasoning aside from the sweet and sourness of the pomegranate. It was only later on that I realized it was the taste of my dad's life time working with sea shells rubbing off on it.

Nowadays, I see my dad's old days on my youngest son's face. He used to be a dream chaser and only be worried about his own problems but after marriage and a growing family, he has become more mature and I can sense the uneasiness in him, being plagued with concerns. The pressure must be immense being responsible for a family all of the sudden, after living under his parents' protection all his life. My dad was able to mask his tribulation with his reserved personality but my son must have not reached that stage yet. Old saying goes it is only after you have your own offspring that you realize your parents' feelings. I now feel the total anguish and distress that my dad must have felt raising such a massive family only after my son has started his own.

A poet named Seo Jung Joo regarded a pomegranate flower in his work 'Pomegranate Flower' as the 'flower wearing a crimson red skirt marrying to eternity'. Also, a French poet described in 'Pomegranates', 'A soul I had begins to picture; How these bright breaches reproduce; The secret of its architecture'. As great artists see it, pomegranates are the pinnacle of beauty. To a young father, it was an important part of overcoming difficult times, and for me, it was a magical sac that allowed me to meet my young dad once again.

The image of playful children dangling on the pomegranate tree was almost as close as yesterday.

사랑의 베이비시터

　며칠 전 일이다.

　외출에서 돌아와 집안으로 들어서려는데 조그만 여자아이가 우리 집 모퉁이에서 풀을 뽑고 있었다. 자연히 걸음을 멈추고 그쪽으로 눈길을 돌렸다. 혼자 돌아앉아 뭔가 열중하고 있는 모습이 앙증맞기도 했지만 우선 누구네 예쁜이인지도 궁금해서였다.

　마침 뜰에서 화초에 물을 주던 옆집 마리아 아주머니가 나를 보고 눈을 찡긋했다. 자신의 손녀라는 뜻이었다. 돌부리를 하나씩 옮겨가며 숙적을 해결하는 모양은 아이가 하는 행태라기보단 영락없는 어른들의 그것이었다. 한참 넋을 놓고 지켜보다가 다가가서 살며시 안아 주었더니 배시시 웃었다. 그 웃는 얼굴이 너무 순수하고 해맑아서 내 마음까지도 찡해졌다. '미운 일곱 살'의 깍쟁이 모습이 아니라 바로 천사의 얼굴이었다. 그런 아이의 모습을 보며 혹시 성장과정이 이런 고운 얼굴을 빚은 게 아닐까 하는 생각했다.

　옆집 마리아 부부는 20여 년 은퇴생활 동안 세 명의 손자들을 돌보아왔다. 그들의 자녀들은 출산을 해도 육아와 직장 병행에 대해 별 걱정을 않는다. 든든한 후원자가 있기 때문이다. 자녀들이 출산 휴가가 끝나면 출근길에 아이들을 보육원으로 데려가는 대신 부모에게 맡겼다가 퇴근길에 데려간다. 아이를 맡은 노부부는 진종일 주어진 소임에 열과 성을 다한다. 마치 무력한 일상에 활력소라도 생긴 양 즐거이 손자들을 돌본다.

'늘그막에 손자 안 맡는 게 대복이라.'는 우리의 정서와 사뭇 다르다. 우리네 아이보기는 무조건 부모의 희생을 요구한다. 부모들은 능력만 되면 키워 주는 게 당연하다는 인식하에 아무리 힘이 들어도 내색 없이 감수한다.

노부모에게 자신들의 아이를 맡기는 자식들도 마찬가지다. '남는 게 시간뿐인 부모님들, 소일거리로 그만이지.' 혹은 '우리보다 경제력이 탄탄하시니 용돈은 생략해도 돼.' 대부분 이런 생각이 지배적이다. 아기보기를 노동으로 인정하여 부모 자식 간에도 약정의 수고료를 지불하는 서양인들의 사고가 정감은 좀 덜 하지만 합리적이라는 생각을 한다.

아이보기를 가족 간의 의무사항 정도로 치부하며 강제로 떠맡기거나 떠안는 보육은 노인들에게 짐이 될 뿐 좋은 해결책은 아닌 듯하다. 노부부들의 손자 거두는 일에서 가장 큰 문제는 체력의 한계와 자유로운 시간 침해가 아닌가 한다. 하지만 마리아 부부는 이런 문제를 쉽게 해결하고 있다. 바로 가사도우미를 고용하여 힘든 가사노동을 일임시키고 자유시간도 큰 불편 없이 누리고 있다.

옆집의 손자 키우는 과정을 눈 여겨 보면서 '저 정도면 나도 이 담에….' 하는 자신감을 갖게 되었다.

그들의 보육과정을 한 번 엿보기로 한다. 아침 여덟 시, 아이들이 도착하면 노부부의 하루 일과가 왁자지껄하게 시작된다. 집안 일은 주로 도우미의 손을 빌리지만 아이들의 뒷바라지가 만만하지 않다. 식사며 간식 준비도 쉬운 일이 아닐 뿐더러 한시도 그들에게서 눈을 뗄 수 없음이 이들을 더 분주하게 한다. 세 살 적 버릇을 잘 가르치는 것도 이들의 몫이다. 젊은 세대들이 간과하기 쉬운 식습관이나 예절교육은 물론 놀이, 수면 등 규칙적인 생활이 습관화되도록 짜임새 있게 시간을 배치한다. 하루 일과 중 백미는 아이들이 오후 잠에 들기 전에 하는 야외놀이다. 뒤뜰에서 한 시간 가량 공놀이며 뜀박질이며 아이들이 원하는 대로 잔디 위를 뒹굴게 한다. 물론 이 시간엔 노부부도 아이가 된다. 쥐 죽은 듯이 조용하던 동네가 아이들의 깔깔거리는 소리로 자글자글해진다. 더불어 풀어진 오후의 나른함이 아이들의 소요에 탄력을 받기도 하는 시간이다.

오후 4시, 자녀들이 퇴근하여 아이들을 데리고 갈 때까지 노부부의 하루는 다양한 일정으로 빠듯하다. 그들은 이 일을 단순히 아이보기가 아니라 사회 간접참여정도로 여기며 생동감 있게 수행한다. 이 과정에서 자녀들이 지켜야 할 철칙이 있다면 퇴근시간 엄수다. 그리고 일 년에 한두 차례 부모의 장기 휴가도 꼭꼭 챙겨야 한다는 것이다.

이 정도면 은퇴 후 큰 무리 없이 한 역할할 수 있으리라 여기지만 역시 쉬운 일이 아님을 안다. 날로 삭막해지는 세태에서 내 자손만이라도 훈훈한 가슴의 소유자이길 바라는 간절함이 없고서는 힘든 일이다.

오늘도 옆집 뜰이 부산하다. 일곱 살 예쁜이는 바스켓을 들고 엄마와 함께 잡초를 찾아 잔디밭을 헤매고 할머니는 활짝 핀 장미들과 수다를 떤다. 할아버지와 아빠는 이들을 바라보며 흐뭇한 미소를 짓는다. 이 가족의 헤어지기 전 풍경이다.

평화로운 분위기 옆으로 하나의 영상이 떠오른다. 외로운 노부부가 기다림에 지친 얼굴로 오가는 차량들을 하염없이 바라보는…. 우리 부부의 노년은 전자 쪽이었으면 싶다.

노모(老母)의 깊은 뜻은

"정신이 멀쩡한 엄마를 요양원에 보낸다."

한밤에 하릴없이 집안을 맴돕니다. 막냇동생의 울음 섞인 한마디가 가시처럼 박혀서 편치 않은 하루를 보낸 끝입니다.

이런 밤은 차라리 어둠이 편할 것 같아 실내등을 끄니 전나무 숲 그림자가 마루 깊숙이 들어와 앉았군요. 현란한 전등불 아래 감춰졌던 초롱초롱한 달빛이 발길을 창으로 이끌어갑니다. 쭉쭉 뻗은 전나무 숲 끝에 이제 막 솟아오른 보름달이 저를 내려다보고 있군요. '설은 나가서 쇠어도 보름은 들어 와 쇤다.'는 정월대보름 달을 우러르니 고향, 고향집, 그리고 연로하신 어머니가 그대로 떠오릅니다.

근데 웬일인가요.

고향집 문설주가 파르르 떨리며 고향도 어머니도 휘청거려 보입니다. 모두 떠난 빈 둥지를 외롭게 지키시던 어머니, 기력이 쇠하여 이젠 더 버틸 재간이 없다고 하십니다. 항상 뒷모습만 보였던 못난 자식은 어머니가 안 계실 고향, 고향집이 매우 당혹스

럽습니다.

　연로한 어머니의 마지막 거처를 위해 고국의 오 남매는 연일 머리를 맞대었나 봅니다. 합리적인 사고의 아들들은 최신 의료시설을 갖춘 요양원에 모실 것을 고집하고, 비합리적인 딸들은 부족하지만 자식들이 모셔야 한다는 의견이었지요. 하지만 냉철한 이성과 허물거리는 감성 사이는 좀처럼 좁혀지지 않았습니다. 그사이 어머니의 노환은 요통, 허리통, 관절통 할 것 없이 깊어져 갔고요. 보다 못한 어머니는 아들들의 손을 들어주었다는군요.

　자손들의 화합을 위해서라면 아무려면 어떠리, 하고 내리신 결정이었겠지요. 열외에 있는 저는 이 소식을 접하곤 가슴이 무너져 내립니다. 평생 자식들 위해 헌신하신 어머니, 얼마 남지 않은 생을 육 남매에 둘러싸여 울고 웃으며 보내고 싶다는 속내는 왜 감추셨는지요. 아니, 노모의 깊은 마음을 헤아리지 못한 저희들이 모두 바보 멍텅구리입니다.

　긴 세월 동안 지극 정성으로 할머니를 모시던 당신의 모습을 보며 자란 우리들인데, 왜 그때의 영상은 끊어져 버린 걸까요. 인생을 통 털어 육친의 정이 가장 절실한 시기에 타인에 의한 어머니의 요양원 생활은 상상만으로도 가슴이 먹먹합니다.

　한동안 부러운 마음으로 지켜보던 옆집 서양여인이 있었습니다. 그녀는 연로하여 의식 불명된 친정 부모님을 요양원에 모셨다가 어머니가 돌아가시자 곧바로 아버지를 집으로 모셨습니다. 아무리 의식이 없는 부모지만 마지막 길을 타인에게 맡기는 게 자식 된 도리가 아니라는 사실을 한 분 돌아가시고서야 알게 되었답니다. 자신도 여러 가지 병을 달고 살면서 아버지의 숨이 멎는 날까지 이동식 침대를 뒤뜰로 향하게 하고 옆에서 텔레비전을 보거나 신문을 읽으며 마음의 대화를 나누던 그녀가 참으로 위대해 보였습니다.

어머니! 육신이 기울어진다 하여 정신까지 놓으시면 안 됩니다. 셋째가 어머니의 곁을 지킬 때까지 조금만 더 힘을 내세요. 기억 떠올리기는 최고의 명약이랍니다.

어머니, 그때를 기억하시는지요. 그날도 오늘처럼 정월 대보름 밤이었지요. 초등학교 저학년이었던 전, 동네 아이들과 보름맞이 놀이를 위해 뒷산으로 갔습니다. 온 동네를 돌며 모은 삭정이며 널빤지들을 얼기설기 맞대어놓고 성냥을 긋는 순간 치솟는 불꽃을 보며 모두 박수를 치며 환호하였지요. 하지만 전 동생들과 불꽃 유희에 열중해 있다가 아랫동네 아이들이 걸어오는 싸움 돌에 맞아 머리를 깨트리고 말았습니다. 흘러내리는 피를 양손으로 감싸며 집으로 달려가던 때의 그 두려움과 어머니를 봤을 때의 안도감은 하늘과 땅만큼이나 큰 차이였습니다. 어머니의 손길로 말끔해진 나는, 달밤의 아름다움을 다시 알게 된 어린 시절이 있습니다.

우리에게 신이며 우주이신 어머니, 부디 쇠락의 길을 조금만 늦추십시오.

낚시터의 부자(父子)

새초롬한 달빛이 어둠을 밝힌 포구에 낚시꾼 부자가 연장을 손봅니다. 손톱으로 미끼를 잘라 바늘에 꿰는 아비 보고 징그러운 표정으로 자신의 바늘도 내미는 아들입니다.

"이젠 이런 것도 할 줄 알아야지."

나머지 반 토막 미끼를 그의 바늘에 꿰어 줍니다. 그리곤 변함없이 고기잡이 요령을 일러줍니다.

이틀 후면 둥지 떠날 아들 위해 서둘러 밤길 몰아와서 세상 파고 헤쳐 갈 특강을 하는 셈입니다. 아비의 열강을 듣는 둥 마는 둥, 아들의 눈길은 연신 어두운 물 쪽으로 향합니다. 행동부터 앞세우고 싶은 그의 마음 모를 리 없는 아비입니다.

'그래! 백문이 불여일견이라.' 중얼거리며 아비는 힘껏 낚싯줄을 던집니다. 때를 만난 아들도 이런 기회를 놓칠 리 없습니다. 멀리 가까이 봉긋봉긋 고개를 내민 찌들이 물결을 탑니다.

낚싯줄은 드리웠건만 아비의 마음은 썩 편치 못한 밤입니다. 인생의 거친 파고를 대신 넘어줄 수 없음이 안타까운 게지요. 두 줄이 따로따로, 엉겨서도 꼬여서도 안 되는 낚싯줄 같은 부자의 인생길. 이런 밤 하필, 머리 위로 울며 나는 물새소리가 심란하여 아비의 눈길은 먼 곳 수평선으로 향합니다. 망망한 호수, 칠흑의 어둠 속에 외로이 떠 있는 불빛에 눈길이 멎습니다. 멈춘 듯이 서행하는 한 척의 배, 마치 아들의 앞날을 보는 듯한 게지요.

흔들흔들, 물속에 꽂혀있던 '찌'가 신호를 보냅니다. 뒤늦게 감을 잡은 아비는 힘껏 낚아챕니다. 한순간 은빛 퍼덕임이 온몸을 전율케 하더니 금세 손끝이 허전해집니다. 마음 떠난 미끼임을 눈치 챈 날쌘 녀석이었습니다. 생사의 갈림길, 촌각을 다투는 일에 혼신을 다하지 않으면 먹히고야 마는 세상사가 거기에 있었습니다. 이래저래 허전해진 맘, 심기일전 태세로 돌아오며 곁눈 길로 옆에 앉은 아들을 넘겨다봅니다. 적당하게 흐린 달빛은 이런 감정을 숨기기에 그만입니다.

아들의 마음도 아비 따라 콩밭에 있는 듯합니다. 힘주어 낚싯대 끝을 응시하는 눈빛이 예사롭지 않습니다. 어린 새가 둥지 떠나기 전에 수차례 연습과정을 거친 다음 아주 비상한다는 어미의 충고를 되씹고 있는 게지요. 이번 두 번째의 날갯짓은 더 높이 더 멀리 하리라 다짐하는 비장함이 물속 깊이까지 전해졌음인지 거기도 한동안 동요가 없습니다.

갑자기 온몸을 공 굴리며 '찌'가 또 요란을 떱니다. 이번엔 제법 큰 놈이 걸린 모양입니다. 다시는 똑 같은 실수를 않으리라는 기세로 가차 없이 낚아채서 지구전을 벌이는 아비입니다. 요동치는 낚싯줄을 힘겹게 감아올리는 아비를 보며 부러운 눈길로 응원을 보내는 아들입니다.

"역시 우리 아버지!"

수없는 혈전 끝에 승자가 된 아비에게 싱긋이 웃으며 엄지손가락을 치켜세웁니다. 잠시 후엔 눈 먼 고기들이 아들을 바쁘게 만듭니다. 그사이 보름달이 중천에 떠올라 더딘 아들 손길을 도와줍니다. 가을 문턱을 넘어선 밤이지만 호숫가 물바람이 감미롭습니다.

낚싯줄을 신나게 감아올릴 때마다 손바닥만 한 고기가 눈앞에서 퍼덕입니다. 이젠 더 이상 미끼 끼우기도, 피 흘리는 아가미를 벌려 낚싯바늘 빼내는 것에도 두려움을 느끼지 않는 아들입니다. 오늘의 특강이 주효한 듯 지켜보는 아비의 마음은 흐뭇합니다. 그리곤 곧 홀로 물가에 나앉을 아들에 대한 걱정을 거둬들입니다. 거기에는 위험의 적신호를 알리는 등대가 있고, 먼저 온 낚시꾼들이 수시로 정보를 나르는 좋은 이웃들이 있다는 것도 아비에겐 큰 위안이 됩니다.

이젠 무고한 생명 그만 거둘 때도 됐다며 아비는 주변을 정리합니다. 아들도 그 뜻을 받들곤 나란히 뭍으로 향합니다. 아비는 두 마리 반, 아들은 여덟 마리가 오늘밤의 성적입니다. 묵직한 어구를 들고 고무된 아들은 아비의 어깨에 팔을 척 두릅니다. 그리곤 속으로 '이젠 아버지도 늙으셨어.' 아비를 넘어선 자신감입니다. 하나밖에 없는 굵은 낚싯바늘을 그에게만 걸어준 걸 아들은 알 리 없습니다.

아들의 따뜻하고 힘찬 심장박동을 느끼며 아비의 눈은 또 다시 먼 수평선으로 향합니다. 어느 사이 외로운 그 배는 칠흑의 어둠을 몰고 떠났고 환한 달빛이 그 물결 위에서 출렁입니다.

7부

로키 산에 봄이 오면

안개 자욱한 허클리 벨리에서

산행이 있는 날이다. 평소보다 이른 시간에 찻물을 올리고 수프를 끓인다. 보온병에 끓인 물을 담아 용기를 덥히는 동안 방한복이며 등산장비들을 챙기느라 한동안 부산을 떤다. 다른 계절엔 간단한 점심과 물 두어 병이면 그만인 산행 준비가 겨울철엔 여러모로 번잡하다. 잡다한 준비과정도 그렇지만 고행에 가까운 혹한기의 산행을 잠깐 건너뛰면 좋으련만 멈출 수 없는 이유는 무엇일까, 스스로 반문하며 묵직한 배낭을 메고 길을 나선다.

오늘의 산행지는 브루스 트레일 중 가장 인기 있는 허클리 벨리이다. 숲이 울창하고 계곡이 깊은데다 강원도의 어느 산자락을 옮겨놓은 듯하여 특히 애착이 가는 곳이다. 짙은 안개를 헤치며 어렵게 집합 장소에 도착하니 함께 할 일행들이 각반이며 아이젠 착용 등 산행채비를 하느라 분주하다. 그 바쁜 틈 사이로 방끗 웃음 보내는 소중한 인연들, 거룩한 시간을 함께 할 동행들의 건강한 모습이 눈물겹도록 고맙다.

아름드리 편백나무가 숲을 이룬 비탈길을 오르며 거칠어지는 호흡을 애써 가다듬는다. 첫 시발점이 원만한 코스는 서서히 체력을 올릴 수 있어 무리가 없지만 오르막으로 시작하는 코스는 나만의 노하우를 가동한다. 최대한 느린 행보와 복식 호흡 그리고 지그재그로 비탈길을 오르며 온몸을 워밍업 시킨다. 찐한 향기를 뿜어 천적으로부터 자신을 보호하고 공해에 찌든 환경을 정화시켜준다는 편백나무, 그 특유의 향기를 음미하며 몇 굽이 오르내리다 보니 어느 사이 전망 좋기로 유명한 고갯마루에 올라섰다. 오늘은 반라(半裸)의 겨울 숲 대신 열두 폭 산수화 병풍을 펼쳐 우리의 시선을 사로잡는다. 사시사철 기대했던 것보다 더 엄청난 비경으로 발길을 멈추게 하는 곳, 오늘은 안개 낀 산야를 예비하고 있었다. 빈 벤치에 고즈넉이 앉아 대자연이 빚은 걸작을 마음껏 음미하고 싶지만 저 체온이 우려되는 겨울 산행에서는 이 또한 금물이라 눈요기로 대신하고 발길을 돌린다.

흐릿한 안개 숲 사이로 알록달록한 행렬이 이어진다. 얼마 전 우리가 본 비경 속으로 들어 온 셈이다. 간간히 들려오는 찰진 웃음소리, 푸석한 눈길을 걷는 발자국 소리, 적막한 겨울 숲에 생기를 돌게 하는 작은 움직임들이 정겹다. 마치 미완성 작품에 화룡점정을 했다고나 할까. 자연과 합일을 이룬 광경이 흐뭇하여 나의 발걸음은 자꾸 뒤로 처진다.

한동안 충만한 분위기에 심취하며 걷다 말고 한 생각에 빠져든다. 얼마 전 '삶의 목표가 희미해졌다.'는 아들의 한마디가 심중에서 맴돈 탓이다. 수많은 경쟁에서 살아남기 위해 앞만 보고 달리던 어느 날 문득 정신을 차려보니 끝 모를 늪에서 허우적거리는 자신을 발견했음이리라. 안개 자욱한 산상에서 길을 묻는 아들에게 인생을 곱절 더 살았다는 어미는 고작 책에서 구한 몇 마디로 갈음하고 말았다. '삶의 의미' '삶의 목표' 이런 고차원적 물음을 품어 본지 오래인 어미의 곤궁했던 답변을 상쇄시킬 깨달음을 오늘 길 위에서 얻는다.

한발 두발 오늘의 목적지를 향해 걷다 보면 그 끝에 다다르고, 그것들이 수없이 모여 하이커들의 영원한 숙원 히말라야에 닿는다고. 결과보다 과정을 중시하라는 평범한 진리를 건네고 싶은 어미의 간곡한 마음이다.

설한풍에도 나설 수밖에 없는 이유, 충분하지 않은가.

뉴펀들랜드에서 만난 산티에고

　나이가 들면서 신체 곳곳에 새로운 버섯이 생겨난다. 검버섯, 반점, 주근깨 등등 종류도 다양하다. 식용버섯이 이렇게 번성한다면 대풍년이 될 조짐이지만 반갑지 않은 손님이 주요 부위에 나타나니 거울을 볼 때마다 마음이 심란하다. 악성 유전자는 성질이 고약하여 언제고 그 값을 한다더니 양친의 그것들을 함께 물려받은 모양이다.

　'에이, 이런 건 물려주시지 않아도 되는데.' 하며 볼멘소리를 해도 소용없는 일이다. 그나마 다행이라면 인생의 훈장인 주름살이 아직은 스케치 단계라 차후에 하회탈이 될지 놀부의 그것이 될지 나의 역량에 달렸음이다. 오십 이후의 얼굴은 자신이 살아온 궤적이라고 했던가. 이번 여름여행에서 내 작품의 모델이 될 사람을 만난 것은 행운이었다.

　최근 하이킹 동호인들과 캐나다 동쪽 끝 섬 뉴펀들랜드를 다녀왔다. 대서양과 세인트로렌스 만 사이에 고즈넉이 자리 잡은 그 섬을 향해 차와 배를 번갈아 타며 한없이 나아갔다. 스물다섯 시간이란 긴 장도 끝에 도착한 그곳은 어촌 특유의 비릿한 냄새도 관광지의 술렁임도 없었다. 지역 특산 어종인 대구를 보호하기 위해 한시적으로 조업을 중단시킨 탓에 만선으로 넘쳐야 할 항구마다 겉 자란 해초만 파도에 넘실거리고 있었다.

나는 이런 광경을 목도하며, 대대로 살아 내려온 삶의 근간을 거세당한 상실감이 주민들 심중에 자리하고 있으리라 짐작했다. 섬사람들에게 고기잡이란 그들의 삶이며 낙이었으련만, 이십여 년 가까이 묶여 있었으니 당연한 추측이었는지 모른다. 주민들의 기본적 생활 유지는 정부의 몫이라고 해도 인간이 살아가는데 그 것만이 능사가 아니지 않은가. 하지만 며칠 하이킹을 하면서 간간이 들여다본 거기엔 나의 생각이 기우였으며 오히려 그들의 일상 속으로 스며들고 싶은 충동까지 일었다.

한반도 면적의 1.8배에 달하는 섬을 서남쪽에서 동북쪽으로 하이킹과 드라이브를 병행하며 횡단했다. 산과 바다가 어우러진 풍광은 아름답기 그지없었고, 주민들의 생활환경 또한 쾌적하고 여유로웠다. 간간이 스쳐가는 사람들에게서 느껴지는 순박한 인간미는 도회지에서의 그것과 확연이 달랐다.

어느 일요일 아침, 빠듯한 시간을 할애해서 열두 명의 우리 일행을 두 팀으로 나뉘어 낚시질을 시켜주었던 에릭은 모두에게 깊은 감명을 주었다. 조그만 모터보트에 일행 몇 명과 함께 승선했다. 우리가 며칠 묵었던 카티지 주변에 살았던 에릭은, 하이킹 후 짬짬이 낚싯대를 드리우는 강태공들을 가상히 여겨 그의 배로 초대해 준 것이다. 상쾌한 아침 바람을 맞으며 물살을 가르는 기분도 황홀했지만 주인장 에릭의 일거수일투족이 더 나의 시선을 끌었다.

오십 대 중반인 그는 훤칠한 키에 수려한 외모, 거기에 만면에 진중한 미소를 담고 있었다. 혼자서 낚싯줄을 당길 때나 일행들의 어구를 손봐 줄 때도 그 표정은 여전했다. 문득 나는 그에게서 헤밍웨이의 대표작 〈노인과 바다〉의 산티에고 할아버지를 떠올렸다.

소설 속 주인공 산티에고는 고기잡이 팔십사 일은 공치고 팔십오일 만에 전무후무한 큰고기를 만나 이틀 동안 사투를 벌여 잡았지만 배에 묶어 돌아오다 상어 떼에게 모두 빼앗기고 만다. 할아버지는 실패한 원인을 자신의 과대한 욕심으로 단정하며 곤고한 어부의 일상이 큰 행복이었음을 깨닫는다.

에릭은 비록 작가가 묘사한 캐릭터의 이미지와는 좀 거리가 있었지만 삶의 진솔함이 배어있는 그의 행동이며 표정은 산티에고 할아버지의 승화된 모습이 아닐까 하는 생각을 한 것이다.

추후의 온화한 자화상을 위해 지금부터 각진 모서리 손질을 해야 할까 보다.

로키산맥에서의
백 팩킹(back packing)

일 년에 한 차례씩 장거리 원정산행을 해 오고 있다. 굳이 여행의 목적을 든다면 에너지 충전 혹은 일상의 여백을 위한 행보라고 하겠지만 실은 대문을 나서는 순간부터 고생은 시작된다. 그러면서도 때가 되면 마음부터 앞서는 건 그 속에서 캐내는 크고 작은 보석 때문이리라. 큰 감동, 긴 여운으로 남아있는 로키에서의 백팩킹은 몇 년이 지난 지금도 내 안에서 여전히 그 빛을 발하고 있다.

로키는 어디에서든 쉬운 곳이 없었다. 배낭이 무거운 날은 무게에 눌려 힘들었고, 가벼운 날은 할 일을 다 못한 것 같아 마음이 무거웠다. 아름다운 풍경 앞에서는 떠나기 아쉬워 가슴이 저렸고, 산새가 험난한 곳은 스스로 포기하게 될까 두려웠다. 억겁의 세월을 품은 대자연 앞에서 나의 존재는 늘 미미했고, 켜켜이 앉은 세속의 때는 숱한 들꽃 앞에서조차 움츠려 들게 했다.

십여 일간 로키에 산재한 트레일을 돈 다음 캐네디언 로키의 최고봉인 롭슨 산(MT. Robsn, 해발 3964m) 주변 탐색을 위한 준비에 들어갔다. 며칠 유숙했던 지인의 편안한 롯지에서 모든 걸 쏟아놓고 야영에 필요한 장비며 생필품을 선별하다 보니 비로소 백 팩킹이라는 무게가 피부에 와 닿았다.

베이스캠프에서 1박 하고 일행은 서둘러 목적지 버그 레이크 캠핑장으로 향했다. 오십 대와 육십 대 반반인 일행 여섯 명은 고산증과 배낭의 무게로 인해 얼굴이 좀 푸석해 보였을 뿐 컨디션은 좋았다.

산을 오르는 동안 빙하수가 쏟아져 내리는 폭포며 수시 나타나는 야생동물들 그리고 산재한 만년설을 만날 때마다 일행은 할 말을 잊고 멍하니 바라볼 수밖에 없었다. 해가 서산에 기울 때쯤 롭슨 산의 이마정도에 해당하는 버그 레이크 캠핑장에 도착했다.

롭슨 산 정상으로부터 쏟아져 내려 호수와 맞닿아 있는 빙하를 보는 순간 이틀 동안의 사투는 사라지고 마음 깊은 곳으로부터 눈물이 자꾸 치밀어 올라왔다. 유럽인들은 이런 장관을 보기 위해 백 팩킹 대신 헬리콥터를 이용하여 산맥을 넘는다는데 그 감동의 깊이가 얼마나 다를까 하는 생각이 들었다.

몸과 마음이 함께 카타르시스를 경험한 그날 밤, 나는 텐트 밖으로 자주 뛰쳐나왔다. 천 년의 소리를 한데 모은 듯 요란한 굉음을 내며 호수로 떨어져 내리는 낙빙을 보기 위해서, 그리고 아우라를 거느린 보름달이 그래이셔(glacier)를 마주하고 있는 장관에 홀려서 잠을 잘 수 없었다. 설산과 빙하 보름달과 호수, 이들은 함께 또는 따로 객의 텐트를 자주 들었다 놓곤 했다.

다음날 K대장의 선도로 대장정에 나섰다. 주변의 빙하와 폭포를 더 가까이에서 탐사할 수 있도록 코스를 짜놓은 스노버드 트레일(Snowbird trail)을 따라 걸으며 면면을 살펴보다가 마지막으로 콜리맨 빙하(Coleman glacier)를 돌아오는 왕복 20km의 만만치 않은 산행이다.

고산지대라 볼거리는 크게 없어도 잔잔한 들꽃이며 이끼류에 관심을 쏟다가 그것들마저 끊어지고 험한 바위산 산행이 이어지자 일행들은 급격한 체력 저하를 보였다. 이를 눈치 챈 K대장은 하산하는 사람들에게 자주 '저 앞 돌산 넘어 무엇이 있더냐'고 물었으나 한결같이 별것 없다는 대답이 돌아왔다. 반환점에 뭐가 있건 없건 그렇다고 중도에 포기할 우리가 아니었다. 이미 로키의 속살을 깊숙이 경험한 터라 더 놀랄 일이 무엇 있겠는가라는 초연함도 함께 했다.

고산증과 허기짐 그리고 체력의 한계를 가까스로 견디며 목적지에 도달했다. 예상대로 며칠째 계속 보아왔던 태초의 파란하늘과 드넓은 설원에 거친 바람이 한몫 더했다. 하지만 왠지 거기가 끝이 아닐 것 같은 강한 의구심에 지친 다리를 끌며 눈밭을 조금 더 걸었다.

인생은 반전의 묘미로 더 살맛이 나는지 모른다.

해발 삼천 미터가 넘는 산봉우리들이 코발트 빛 빙원에 잠겨있는 광경이 시야에 들어왔다. 둘, 셋 짝을 이룬 섬들이 바다에 둥둥 떠 있는 모습과 흡사했다. 쩍쩍 갈라진 틈 사이로 옥색의 하늘이 스며있었고 깊이 들어가다 보면 바다와 하늘이 맞닿을 것만 같았다. 엄청난 크기의 빙원을 위에서 아래로 굽어본다는 것은 상상도 못한 일이었다. 우리는 모두 아, 아, 탄성만 지를 뿐 선 자리에서 움직일 수 없었다.

그곳은 무관심에서 비롯된 걸작 빙원인 셈이었다.

'Reef iced field'라고 명명된 그 빙원은 BC주와 알버타주 경계에 자리한 관계로 두 주가 관할구역을 서로 미루는 바람에 제대로 된 대접을 못 받고 있는 처지였다. 지도는 물론 트레일 안내판에도 올라있지 않으니 대부분의 등산가들은 직전에서 놓치고 마는 곳이다. 방문자가 적으니 훼손도 덜할 수밖에 없었으리라. 찐득한 끈기 끝에 찾아낸 그곳은 우리의 뇌리에 박혀있는 또 하나 로키의 보석이다. 모든 관계에서 적당한 무관심은 서로를 건강하게 하는 방편임을 거기에서 터득하였다고나 할까.

사람들은 흔히 죽기 전에 꼭 가봐야 할 버킷리스트 1순위에 로키산맥을 거론한다. 나도 거기에 한 치의 주저함 없이 공감한다. 하지만 어떻게 접근하느냐에 따라서 로키의 진면목을 조금이나마 더 보고 느낄 수 있는지 염두에 두어야 한다.

치열하면 할수록 찐하게 다가오는 로키의 매력을 감히 강추 한다.

로키 산에 봄이 오면

　미국 콜로라도 여행에서 돌아온 지 이십여 일이 되어간다. 다른 때 같으면 평상심을 회복하기에 충분한 시일이지만 이번엔 꽤 오랫동안 여운이 지속되고 있다.

　바람이 부는 날은, 모래바람을 동반한 극심한 강풍이 캠핑장을 휩쓸던 그레이트 샌드 둔(Great Sand Dunes)에서의 새벽녘을, 비가 내리는 날은 고산증을 달래며 우중(雨中)에 걸었던 오데사 레이크(Odessa Lack) 언저리를 돌고 있다. 요즘처럼 달 밝은 밤엔 모닥불 앞에 앉아 '콜로라도의 달 밝은 밤을~.' 하며 흥얼거렸던 황량한 사막의 어느 야영지로 돌아간다.

　시시때때 아직도 마음이 그곳에 가 닿는 것은 오랜 기다림 끝에 이루어진 여행이어서 그러했겠지만, 로키 산맥이라는 거대한 자연 속에서 행해졌던 크고 작은 움직임을 하나라도 더 붙잡고 싶은 갈망 때문이 아닌가 한다.

　로키에 가면, 내면 어딘가에 숨어있던 열정과 용기 분출에 스스로 놀라곤 한다. 광활한 자연을 만나기 위한 길이니 무리함은 당연하지만 정신적 육체적 한계를 뛰어넘는 초인적인 힘은 어디에서 오는지 나도 모를 일이다. 이번 여행에서 가장 기억에 남는 롱스 픽(Longs Peak) 산행은 내면에 잠재된 또 다른 나를 만나는 여정이었다.

롱스 픽((Longs Peak, 해발 4300m)은 콜로라도 Mt. Rocky 국립공원에 자리하고 있는 고산들 중 하나이다. 우리는 이 산을 등반하기 위해 베이스캠프인 롱스 픽 캠핑장에서 야영을 했다.

새벽 한 시 반, 남편의 인기척에 힘입어 어렵게 자리를 털고 일어났지만 몸이 선뜻 말을 듣지 않았다. 야밤 산행을 위해 일찌감치 잠자리에 들었음에도 큰 과제를 앞두고 잠을 설친 탓이었다. 옆 텐트의 일행들도 일어나 출정을 서두르고 있었다.

미리 준비 해 둔 김밥과 간식들 그리고 물 3리터씩을 배낭에 넣고, 고산중 극복을 위해 각자의 방법대로 대비를 했다. 출발에 앞서 일행은 손에 손을 맞잡고 작지만 큰 울림으로 파이팅을 외쳤다. '분에 넘치는 정상정복보다 자신들이 원하는 산행이 되기를……' 하고. 우리의 염원에 응답이라도 하려는 듯 밤하늘엔 무수한 별들이 초롱초롱 반짝였다.

음력 칠월 초순, 달빛 없는 산길은 계곡을 흐르는 물소리뿐 적막강산이었다. 언제라도 사나운 야생동물들이 깜깜한 숲을 헤치며 튀어 나올 것 같은 삼엄한 분위기 속에서 헤드 라이터로 겨우 앞을 밝힌 일행은 이내 거친 숨을 몰아쉬며 힘겨운 발자국을 옮겨야 했다.

베이스캠프가 해발 3,000m에 위치했기에 고산 증세는 이미 우리 곁에 와 있었던 데다가 몇 발짝 옮길 때마다 고도를 높여가고 있었기에 페이스 조절과 수분 보충에 신경을 써야 했다. 거기다가 싸늘한 밤공기에 대처하느라 껴입은 의복은 잠깐의 산행으로 땀범벅이 되어 한 겹씩 벗어내며 체온 조절에도 신경을 써야 한다. 어느 정도 산세에 적응이 되자 쏟아지는 졸음으로 곤욕을 치렀는데 며칠째 이어진 수면부족은 긴장이 조금 완화된 틈 사이로 무섭게 파고들었다. 졸음 산행은 사고와 직결되기에 바위틈에 앉아 잠깐 졸며 위기를 넘기기도 했다. 마치 산상기도를 위해 열성을 바치는 구도자의 심정으로 한 발 두 발 내딛다 보니 멀리 먼동이 터 오고, 로키의 고봉 군락들이 희끗한 눈발을 이고 우리의 발아래 펼쳐져 있음이 눈에 들어 왔다.

대단한 용기와 열정으로 얻게 된 엄청난 풍경 앞에서 우리는 감탄사를 연발하며 숙연한 마음으로 바라보았다. 그리곤 계속 이어지는 돌밭을 휘청거리며 하염없이 걷다 보니 일행 중 선두주자가 되어 있었다.

산 정상 가까이, 목적지 키 홀드(key hold)가 정오의 햇살을 받아 현란한 빛으로 유혹하고 있었고 우리 보다 앞선 사람들이 그 주변에서 서성이는 모습이 보였다. 짐작으론 삼십 분정도면 그곳까지 무난할 것 같은데 문제는 가파른 돌산을 혼자 감당해야 한다는 것이었다. 돌아보니 K선생이 뒤따르고 있었고 남편은 사진 촬영과 체력저하로 까마득히 보였다.

이런 때 어딘가에 숨어있던 초인적인 힘이 나를 선도한다. 천근 무게의 발걸음이 날아갈 듯 가볍고 주저앉으려던 의지가 활화산처럼 솟았다. Rocky에서 받은 에너지가 바위산에서 대방출하고 있을 즈음 K선생의 일성이 들려왔다. '이쯤에서 돌아서자'고.

하지만 신들린 발길은 K선생의 회향에도 아랑곳 않고 이 바위 저 바위를 껑충거리며 오름새에 이르렀다. 두 발 또는 네 발로 오르다 보니 내가 예측했던 시간은 거기서 멈춘 듯 했고 남편의 빈자리가 서서히 느껴져 왔다. 시간은 제한되어 있고 갈 길은 험난한데 감당 못할 외로움이 엄습해 와 사기를 저하시켰다. 바로 이때 하산하던 K선생으로 부터 남편의 전갈이 전해져 왔다.

'그만 내려오라'고. 돌아보니 그이의 걱정스런 손짓이 허공을 가르고 있었다. 마음은 이미 갈등 속에 있었던 터라 내려가는 건 문제가 아닌데 아쉬움이 두어 걸음 더 올려 세웠다.

각자 체력이 허용하는 만큼, 뿔뿔이 흩어져 길 없는 길을 개척해 가며 원 없이 걷다가 하나 둘 그렇게 돌아섰다. 정상을 꼭 오르고야 말겠다는 만용도, 다른 사람들보다 조금 더 걸었다는 허세도 내려놓은 채.

하산 길엔 갑작스런 광풍을 만났다. 목적지를 눈앞에 두고 돌아서서 안전지대로 들어선 게 얼마나 다행인지……. 공원 측이 심야 산행을 유도한 것은 이런 돌발현상을 간파한 결과였다. 몇 번 가슴을 크게 쓸어 내렸다.

그리곤 '로키 산에 봄이 오면 나는 다시 오리라.'며 흡족한 마음으로 그이와 함께 발걸음을 재촉했다.

디지털 세대와의 가을 캠핑

몇 년 만에 온 가족이 모였다. 객지에서 활동하던 아이들이 겸사겸사 돌아와 에너지충전을 해야겠단다.

아직도 에너지원이 될 수 있다는 사실이 우리 부부를 흐뭇하게 했다. 호젓했던 빈 둥지가 모처럼 활기를 되찾나 했더니 며칠 못가서 다시 조용해졌다. 방마다 자신의 컴퓨터와 소통하느라 여념이 없는 탓이다. 어쩌다 한 공간에 식구들이 모여도 각자의 기기를 소지한 채 들어서니 일상의 대화는 뒷전인 듯하여 씁쓰레한 마음이 들기도 한다.

최신형 기기가 출시되면 될수록 열외로 밀려나는 우리 집 텔레비전, 장기폐업 상태로 벽면을 지키고 서 있는 거구도 같은 심정이 아닐까 하여 깜깜한 모니터를 쓰다듬어 본다. 손끝으로 밀리는 허연 먼지가 소외층의 현실을 대변하는 듯하다.

삭막한 전자기기에 대부분의 시간과 공간을 내어 준 아이들에게 양질의 음식과 편안한 잠자리 제공만이 능사가 아닌 듯하여 캠핑을 제안했더니 순순히 응했다.

장성한 두 아들과 가을 캠핑을 준비한다. 기껏해야 사흘 필요한 것들인데 순식간에 산더미가 된다. 텐트, 침낭, 코펠 등등. 수년 간 잠자던 캠핑도구들이 줄줄이 엮여 나와 어리둥절해 하는 반면, 방마다 엎드려 있는 노트북은 굳은 침묵이다. 단 며칠이지만 자신들의 분신이나 다름없는 노트북을 놓고 가야 하는 녀석들은 아예 체념한 듯 연연해하지 않는 눈치다. 전기가 들어오지 않는 오지에서 그들은 긴 시간을 어떻게 활용할지 궁금하면서도 신경이 쓰인다.

올망졸망한 일용품들을 한 차 가득 실은 우리는 약 400km를 북상하여 캠핑장에 도착했다. 스산한 가을바람이 가랑잎을 쓸고 있는 넓은 캠핑장은 주인도 손님도 모두 떠나 을씨년스러웠다. 사나운 산짐승이 출몰할 것 같은 숲속에서 네 식구는 텐트를 치랴 모닥불을 피우랴 바삐 움직인다. 기껏해야 잠자리 준비와 먹을거리 마련인데 온 식구가 매달려 비지땀을 흘리는 모습이 컴퓨터 앞에 있는 것보다 훨씬 건강해 보여 좋다.

아름드리 상록수가 하늘을 가린 밀림지대를 누비며 하이킹도 하고 텅 빈 호수에서 카누도 타고 호숫가 산책도 빼놓지 않았다. 해가 넘어가자 주위는 금방 어둠이 짙어갔다. 물소리, 거센 바람소리, 짐승들의 포효로 숲은 차츰 야성의 기질을 뿜어내며 번잡해졌다. 모닥불을 더 높이 올린 우리 가족은 둘러앉아 옛이야기하며 별도 헤아리면서 오랜만에 자연의 소리에 심취하는 시간을 가졌다.

어느덧 밤이 이슥해지자 한 사람씩 분산되기 시작했다. 작은 녀석은 셀룰러 폰을 충전한다며 인근 마을로 차를 끌고 나가고 큰아인 배낭에서 아이패드를 꺼내든다. 뜨악해 하는 나를 보곤 영화 상영시간이 되었다며 옆으로 다가앉는 아들이다. 전기가 들어오지 않는 곳이라고 해도 전혀 동요하지 않았던 이유가 여기에 있었던 거다.

한 사흘 문명과 담을 쌓고 자연 속에 파묻히려던 계획은 남편과 나의 생각이었을 뿐, 아이들은 그들 나름대로 준비가 있었던 것이다. 천지가 노란 단풍나무 숲, 모닥불 앞에서 수시로 영화감상은 물론 독서며 글쓰기 등을 입맛대로 즐기는 아들을 보며 우리부부는 디지털세대와 아날로그세대의 격세지감을 실감했다.

자연과 문명은 항시 충돌만 하는 게 아니라 운용에 따라서 조화도 가능하다는 생각이 든 아침, 적요를 깨는 소음이 터져 나왔다. 남편의 아이팟에서 흘러간 가요가…….

(2010. 10. 어느 날)

8부

도라지꽃

무박(無泊) 산행, 그 열정

    늦은 저녁 등산복 차림으로 집을 나섰다. 귀가를 서두르는 사람들의 의아한 시선이 우리부부의 차림새에 멎을 때마다 마음이 위축되었다.

    잘해 낼 수 있을까? 무박2일 설악산 등산. 무박산행이란 호기심으로 섣불리 예약은 했지만 내내 걱정이 앞섰다. 정상적인 여건에서의 산행은 얼마든지 감내할 수 있지만 밤잠을 멀리한 산행은 아무래도 자신이 없다. 하지만 이미 나선 길, 물릴 수도 없지 않은가. '깨어있는 영혼으로 설악의 정기를 마음껏 마셔보자.'며 발걸음을 재게 놀린다. 집결지가 가까워지면서 마음은 평정을 찾았고 새로운 기대감으로 가슴마저 부풀어 올랐다.

    출발장소에 당도하니 이미 많은 사람들이 무리 지어 있거나 모여들고 있었다. 대부분 중·장년층인 그들, 무표정한 얼굴로 밤을 삭이며 서있는 모습이 어느 수도자의 근엄함과 다를 바 없었다.

    곧이어 버스로 세 시간 이동이 있었고 일행들은 토막잠을 청하거나 각자의 상념에 빠져들었다. 오십여 명의 목숨을 손에 쥔 운전자가 앞차의 불빛을 쫓아 비탈길을 조심스럽게 운행하는 동안 나는 애꿎은 차창만 연신 닦았다. 먹음직스런 홍시가 주렁주렁 매달린 강원도 산간마을 풍경은 차치하고라도 희미하게나마 산등성이라도 잡힐까 해서였다.

"깜깜하지?"

나의 거동을 읽고 있던 그이의 목소리에도 강한 아쉬움이 묻어 있었다.

첫 입산지인 한계령에 도착하자 조용하던 차내가 술렁거렸다. 오름세가 비교적 완만한 코스로 입산하려는 일행들이 비장한 표정으로 줄줄이 하차했다. 그리고는 다음 목적지를 향하여 버스가 또 움직였다.

'오색 약수터의 등산로는 거의 오름세이니 특히 무릎을 조심해야 된다.'는 어느 일행의 충고를 상기하며 차내를 휘 둘러보니 십여 명도 안 되는 사람들이 굳은 표정으로 듬성듬성 앉아 있었다. 베테랑 산악인의 냄새를 강하게 풍기는 그들을 보는 순간 가슴이 철렁했다. '선택의 기로에선 다수의 편에 서야 고생을 덜한다.'는 우리의 인생경험에 반한 결정 탓이었다.

드디어 2차 입산지인 오색약수터에 도착했다. 깜깜한 주차장엔 막 도착한 버스들이 자리를 잡느라 꿈틀댈 뿐, 그 규모를 가늠할 수 없었다. 우리는 장비를 재점검하고 이동을 서둘렀다. 제법 사람들의 움직임이 활발하다고 느낄 즈음, 입산이 시작되었다는 외침과 함께 사방에서 불빛이 튀어 올랐다. 마치 크리스마스트리에

점등이라도 하듯 수많은 헤드라이트가 순식간에 켜지면서 드넓은 광장을 가득 메웠다.

그것은 환희보다 놀라움이었다. 불을 밝혀 자신의 존재를 표출하는 형국이나 예상보다 많은 사람들이 동참했다는 사실이 믿기지 않아서였다.

각자의 전조등을 이마에 올리고 새벽 2시 반, 무박 산행은 그렇게 시작되었다. 달빛은커녕 별빛마저 아쉬운 그믐밤에 속도는 감히 엄두도 낼 수 없고 인파에 밀려 발을 옮겨야 했다. 앞, 뒤 사람과 두세 보 간격으로 밀착된 탓도 있었지만 거친 산세가 '속도는 금물'이라는 듯 했다. 우리는 수시 대열에서 이탈하여 빛의 행렬에 넋을 놓았다. 마치 깜깜한 하늘에다 자신의 별을 새겨 넣으려는 듯, 수없는 불빛이 위로, 그 위로 치솟는 광경은 우리의 발길을 자주 멈추게 했다.

세상의 어느 나라 국민이 이토록 열정적일까. 삼라만상이 모두 잠든 야밤에 험준한 산으로 내모는 이도, 그렇다고 정상에서 기다려 주는 이도 없건만 이처럼 고된 장정에 나서는 현상이 믿기지 않았다. 한민족의 그 뜨거운 열정이 아니면 달리 설명할 길이 없음이다.

그 누구도 상상할 수 없는 이런 열정이 고국의 어두운 면면을 단시일에 바꾸어 놓게 한 원동력이 아닐까. 열정은 불가능을 가능케 하는 괴력의 소산, 바로 의식의 저변에 잠재된 무한 에너지를 끌어내는 발로가 아닐까 하는 생각이 들었다.

어설피 도전한 우리의 산행은 명산의 정기와 산악인들의 열기에 힘입어 무난히 종주할 수 있었다. 무려 열세 시간의 강행으로 심신이 지치긴 했지만 하산지인 설악동으로 향하는 발걸음은 생각보다 가뿐했다. 열정의 덩어리에 편승하여 뭔가 이룬 듯 뿌듯함으로 돌아오는 차내에선 또 잠을 이룰 수가 없었다.

초딩이 동창생

  남편의 무형재산 중에 가장 부러운 것은 50년 지기 초등학교 동창회이다.

  유형재산이야 부부간 공용이라 하더라도 무형재산이야말로 함부로 넘볼 수도 탐할 수도 없는 사유재산 아닌가. 서울 장안에 적을 둔 사변둥이 십여 명이 수십 년 동안 끊어지고 이어지기를 거듭하며 맥을 이어가는 자체가 희귀하다. 거기다가 나이가 더할수록 참여하는 인원이 하나 둘 증가되어 끈끈하게 모임을 갖는 모습은 옆에서 지켜보는 것만으로도 뿌듯하다.

  언젠가 한국 방문길에 옵서버 자격으로 그 모임에 참석한 적이 있다. 희끗희끗한 눈발을 머리에 이고서도 동안의 웃음을 짓는 그들이 이미 나에게도 20년 지기 이상이어서 거리감이 없었다. 한동안 화기애애한 흐름 속에 분위기를 즐기고 있는데 누군가 초등학교 대항 노래자랑을 하자는 제의를 했다.

  나는 속으로 '동창끼리 웬 학교 대항?' 하며 의아하게 쳐다보니 그이까지 합세한 전원이 의기양양한 눈빛으로 나를 주시하고 있었다. 물론 웃자고 한 소리였지만 10대 1의 대항에 음치의 간담이 서늘해지는 순간이었다. 오랜 객지 생활의 애환이 이런 때 더 절절하게 와 닿는다. 끈 떨어진 연 신세, 바로 이를 두고 말함일 게다. 내 친구들도 어딘가 있을 텐데, 한 번쯤 만나보면 좋으련만 선뜻 행동으로 옮기지 못하는 나는 용기 없는 사람이다.

근래 급한 용무가 있어 한국에 잠깐 다녀왔다. 일주일이란 짧은 여정이었지만 어머니가 기다리는 고향 방문은 그래도 우선순위였다. 해질녘 어릴 적 자주 다녔던 공원길을 돌며 아늑한 고향기운에 흠뻑 젖어 보았다. 한창 때엔 산과 바다에 끼인 조그마한 도시가 참으로 답답하게 느껴졌었다. 자신의 포부를 시원하게 펼쳐볼 수 없었던 막힘의 절망, 그래서 도회지로 타국으로 날아 다녔는지 모르겠다.

긴 세월을 돌고 돌아 그 자리에 다시 서니 젊은 날 무력감을 안겼던 고향이 포근하게 감겨왔다. 타향살이에 지친 심신을 잠깐만이라도 쉬어갈 수 있으면 좋으련만 팔순 노모가 안 계시면 이런 방문도 기약이 없을 게다. 나이가 좀 더 들면 돌아와서 살자고 헛약속만 수없이 한 아침 산책이었다.

상경 길엔 건어물도 살 겸 어머니의 오랜 단골가게에 들렀다. 수년 전부터 가게주인이 나의 초등학교 동창임을 언질한 터여서 어떤 친구인지 궁금하였고, 40년 전의 얼굴을 기억할 수 있을지도 관심사였다. 식구들의 안내로 쉽게 찾은 그곳은 해안가 몫 좋은 곳에 자리해서인지 아침 손님들로 꽤 붐볐다.

가게 안에 들어서니 주인인 듯한 초로의 장년이 반갑게 손님맞이를 해 주었다. 익히 들어온 초딩이 동창이라는 느낌이 왔다. 하지만 그의 얼굴에서 통영사람 특유의 체취만 느껴질 뿐 옛 친구라는 감은 오지 않았다. 머뭇거리다가 통성명을 하며 다가서니 그제야 함박웃음으로 자신을 소개한다. 그의 이름을 듣고서야 희미한 옛 얼굴이 잡혔다. 동글동글한 얼굴에 볼이 유난히 붉었던, 항상 웃음을 띤 선한 인상의 옛 동무였다. 그리곤 복잡하게 돌아가는 가게 한편에서 까마득하게 잊혔던 친구들의 이름이 술술 풀려 나왔다. '교감선생님 딸 J, 탱자울타리 집 S 등등…….'

세월이 놓고 간 흔적 위로 동안의 소년 소녀들이 오버랩되었다가 흩어지곤 했다. 이름만 들어도 엊그제 만나본 듯 선연한 얼굴들이었다. 내가 객지에서 외로움을 타는 사이 이들은 고향에 남아 끈끈한 우정을 이어갔다고 한다. 시간관계로 이내 자리를 뜨고 말았지만 마음속엔 훈훈한 바람이 돌기 시작했다. 팔순 넘은 노모의 사후, 내가 고향으로 발길을 잡아야 할 이유가 새로이 생긴 것이다. 막연한 고향 땅이 아닌 옛 친구들이 기다리는 고향 땅으로.

"초딩이 동창과는 무조건 존칭을 생략하고 그냥 트는 거야"

돌아오는 차 안에서 그이가 한마디 훈수를 두었다. 언젠가 그럴 날이 오리라 기대하니 떠남이 과히 서운하지 않았다. 그래서 친구는 오랜 친구라고 했는가.

초등학교 동창회는 근래 문제가 되는 학연과는 거리가 먼 순수한 동기의 모임이 아닐까. 이는 가족 외에 자신의 코흘리개 시절을 유추할 수 있는 유일한 통로이다. 또한 늙음을 부정하거나 역

행하고 싶은 이기심을 허물고 자신의 현주소를 직시할 수 있는
또 다른 자신의 모습이기도 하다.

재래시장에서

산수유의 온화한 겨자 빛이 이웃집 담장에서 넘어온다. 주로 산과 들에서 자생하는 산수유가 언제 도회지로 내려왔는지 개나리보다 한 발 먼저 봄소식을 전하는 폼이 남의 옷을 입은 듯 겸연쩍어 보인다. 불과 며칠 전에 흩뿌리는 눈발을 헤치며 토론토 집을 나섰는데 갑자기 펼쳐진 화사한 전경이 낯설어 현기증이 인다. 적응력을 키우는 데는 시장이 제격이겠다.

아들을 앞세우고 전통시장을 찾았다. 묵직한 배낭을 메고 도우미를 자처한 녀석은 세세한 부분까지 배려를 아끼지 않는다. 어미따라 시장 길을 출랑거리며 따르던 모습이 엊그제 같은데 어느 사이 나의 지킴이라니 대견해서 팔짱을 꼭 낀다.

이른 아침 시장은 떠밀려 다니지 않아서 좋다. 갓 펼쳐놓은 생물들에서 싱싱함이 묻어나고 하루를 여는 상인들의 움직임은 활기가 찼다. 재래시장의 매력은 뭐니 뭐니 해도 연관성이나 질서감 없음이 아닐까. 떡집 옆에 옷가게, 그 옆에 생선가게 그리고 방앗간 하는 식으로 독립성 추구엔 더없는 자연스런 기획이란 생각을 하다가 야채전에서 발이 멈췄다.

밑동이 새빨간 짤막한 시금치, 실하게 묶인 오동통한 쪽파, 향긋한 냉이와 달래 그리고 쑥······. 옹기종기 펼쳐놓은 좌판엔 타국에서 늘 허기졌던 것들 투성이다.

갖가지 해물을 넣은 쪽파전에 쑥국도 끓이고 알싸한 방풍 잎을 데쳐서 초장에 찍어먹으면 금방 세상이 달리 보일 것 같다. 눈요기만으로도 배가 부른 그리운 것들을 하나씩 들여다보며 조우하는데 옆에 있던 사람이 굵직한 톤으로 '콩나물 오백 원어치 주세요.' 한다.

반사적으로 슬쩍 그를 넘겨다보니 기타를 등에 멘 말쑥한 서양 청년이 약간 긴장한 표정으로 상인의 움직임을 쫓고 있었다. 나는 잠시 나의 즐거움을 보류한 채 그들의 거래에 관심을 쏟았다. 그리고 속으로 달러와 원화를 오가며 오백 원으로 무얼 할 수 있을까 하는 상상을 했다. 캔디 두어 개 외에는 뚜렷이 잡히는 게 없는데 식료품에서 오백 원어치가 가능한 일일까. 이십여 년 전에도 콩나물 기본 단위는 천원이었고 양도 네 식구가 겨우 한 끼를 해결할 수준이었다. 그동안 물가 상승이나 여러 요인들로 인해 가격이 두세 배정도 올랐을 텐데, 가게주인은 퉁명스럽게 손님을 돌려세울지 아니면 금액에 맞춰서 쥐꼬리만큼 팔지 궁금했다.

하지만 가게주인은 나의 궁금증 따윈 상관없다는 듯, 비닐봉지를 쭉 뽑아 탐스런 콩나물을 한 움큼 두 움큼 그리고 덤으로 조금 더 담아서 덤덤한 표정으로 청년에게 봉지를 건넨다. 이를 받아든 청년은 생각보다 양이 많았는지 몇 번 감사함을 표하고 자리를 뜬다. 무표정한 상인은 가타부타 말없이 다시 손님을 맞고 일손을 바삐 움직였다. 부족하면 부족한 대로 손님의 입장을 배려하는 그 사람의 행동이며, 예나 지금이나 서민의 신실한 찬거리인 콩나물이 마음을 따뜻하게 했다.

시장을 돌면서도 내내 청년과 콩나물 생각이 가시지 않았다. 다음엔 혹시 너무 많은 양에 놀라 삼백 원어치로 하향 구매하지 않을까 하는 실없는 상상으로 웃기도 하고, 서양의 젊은 기타리스트가 콩나물을 어떻게 다룰지 은근히 호기심이 일기도 했다. 아들도 청년의 모습이 머릿속에 맴도는 모양이었다. '엄마, 아까 그 청년 궁색한 음악도인가 봐요.' 아마도 홀로서기 하던 자신의 옛 모습이 떠올랐나 보다.

시장을 한 바퀴 도는 동안 까만 비닐봉지가 양손에 줄줄이 매달렸다. 녀석은 한적한 곳에 자리를 잡더니 자신의 배낭에다 봉지들을 쑤셔 넣는다. 대파, 풋마늘, 미나리 등 키 큰 야채들이 밖으로 삐쭉 나와 매끈한 스타일을 구기게 생겼건만 녀석은 개의치 않는 눈치다. 홀로서기 십여 년 동안 후덕해진 모습이 보기 좋았다.

녀석의 퇴근이 늦어서 기다리는 참인데 마침 전화가 왔다. 저녁을 먹기는 해야겠는데 마땅히 당기는 게 없단다. 수제비를 권했더니 회가 동하는 듯 재촉한다. 시장에서 받은 에너지로 밀가루 반죽을 힘 있게 한다.

오랜만에 어미노릇 좀 하게 되려나 보다.

그 이름 알고부터

오월의 뜰 안으로 불청객이 들었다. 흔히 봄에 내리는 눈을 서설(瑞雪)이라 한다지만 광풍과 우박을 동반한 눈은 내내 마음을 졸이게 했다.

이른 아침 화단가에 섰다. 눈 속에 파묻혔던 제라늄이며 새순들의 안위가 염려되어 잠까지 설친 밤이었다. 하지만 조바심과는 달리 파릇파릇한 새순들이 싱그럽게 한들거리고 있었다. 강인함을 키우려는 자연의 섭리에 고개를 끄덕이며 뜰 안을 한 바퀴 돌았다. 산당화와 개나리는 파란 새순 속에서 배시시 꽃잎을 열었고 옥잠화, 원추리, 나리 등 구근류는 불쑥불쑥 올라와 키재기를 하고 있었다. 늦추위가 더 온다고 해도 이젠 걱정할 일이 아닌 듯했다.

뜰 안으로 번져가는 봄기운을 쫓다가 화단 귀퉁이에 놓여 있던 두 개의 빈 화분에 눈길이 갔다. 주변의 파란 꼬물거림과는 달리 새초롬한 햇살만 담겨있었다. 월동을 위해 내실로 들였다가 실패한 흔적이다. 나는 빈 화분을 보며 절정기에 있던 '하얀 업둥이'와

'빨간 별이'의 싱그럽던 자태를 그 속에 담아보았다. 실체 없는 상상은 허전함만 더할 뿐 위로가 되지 못했다. 차라리 노지에 두었더라면 소생의 계절을 기대할 수도 있었을 텐데 하는 아쉬움만 남았다. 화초를 기르다 보면 번번이 있는 일이지만 이번은 좀 특별한 것 같다.

'하얀 업둥이'와 '빨간 별이'는 꽃명이나 학명이 아닌 내 임의대로 붙여본 이름이다. '하얀 업둥이'는 이름 그대로 업둥이로 들여와 개화까지 보게 되어 붙여준 이름이고, '빨간 별이'는 꽃의 생김새에 따라 지은 이름이다. 즉흥적인 작명이 꽤 마음에 들어서 빈 화분을 앞에 두고 번갈아 되뇌어보다가 화초 고유의 이름을 떠올려 보았다. 물론 생각날 리 없었다. 기르는 동안 몇 번 궁금해하기는 했어도 알아보려는 노력은 하지 않았다.

'내가 그의 이름을 불러 주었을 때, 그는 나에게로 와서 꽃이 되었다.'는 시구가 떠올랐다.

사람을 만나면 첫 대면부터 호구조사 하듯 궁금증을 풀어내면서 정작 애지중지하는 화초들의 이름은 무관심했으니, 놈들은 나에게서 오랫동안 꽃이 되어 줄 리 만무했던 것일까. 모든 식물들이 제각각의 이름을 가지듯이 생장에 필요한 조건 또한 차이가 있으리라. 화초 기르기를 좋아하면서도 번번이 실패하는 연유는 아마도 이런 개별성을 간과한 탓일 게다. 늦은 감은 있지만 원예에 관한 책을 펼쳤다.

책장을 넘길 때마다 신선함과 미안함이 함께한다. 과꽃을 접시꽃의 다른 이름으로 혼동했다거나, 한련화는 친숙한 꽃임에도 이름을 몰랐었고, 안스리움, 디펜바키아, 싱고니움, 아레카야자, 마리안느 등은 직접 키우면서도 이름은 몰랐던 꽃들이다.

한층 업그레이드된 시선으로 거실의 화초들을 둘러본다. 포인센티아는 붉은 잎을 피우기 위해 가장 햇볕 좋은 곳으로 옮겨야겠고, 아레카야자수는 큰 키를 위해 긴 화분으로 교체해야겠다. 새로워진 눈은 육안으로 보이는 것뿐 아니라 사고의 폭도 확장시킨다. 안스리움은 가늘고 긴 줄기 끝에 큰 잎을 매달고 있어 안쓰러워 보이고, 싱고니움은 색상도 모양새도 특출함이 없어 싱거워 보인다. 둘 다 영어명이지만 풍기는 이미지에서 우리의 표현법과 유사한데 놀랍다. 이름을 알고 나니 화초는 그 자리인데 마음이 그 곁을 맴돌고 있다.

봄은 생동의 계절이다. 막힌 물꼬를 터서 흐름부터 순조롭게 잡아야겠다.

도라지꽃

　팔월의 폭염 아래 도라지꽃이 절정을 이루고 있다. 색색의 여름 꽃들이 만발한 틈 사이로 수줍은 듯 고개를 꺾어 핀 모습이 퍽이나 고혹적이다. 송알송알 매달린 꽃봉오리가 하나 둘 왕관처럼 부풀더니 이내 앙증맞은 모습을 내어놓았다. 다섯 잎 활짝 연 청보라색 꽃잎은 예사롭지 않은데 백도라지까지 드문드문 피어 조화를 이룬다. 이토록 청아한 도라지꽃이 만개하기까지 적잖은 소요가 이 공간에서 있었다.

　우리 동네의 집들은 대부분 차고 진입로를 따라 대여섯 평 크기의 기다란 화단이 있다. 집집마다 솜씨를 발휘하여 이 공간을 가꾸지만 우리에겐 좀 부담되는 곳이기도 하다. 수돗가가 먼 탓도 있지만 해마다 특색 있게 변화를 주는 옆집 화단과 맞붙어 있어 비교되는 것도 그렇다. 삼십 년 가까이 살았다는 전주인도 어쩌지 못해 어벌쩡하게 비워 놓은 곳인데 우린들 뾰족한 수가 있을 리 없었다. 그렇지만 집의 미관을 생각해서 이사 온 이듬해부터 뭔가 시도해야 했다.

첫해는 여러 종류의 꽃이 혼합된 야생화를 뿌렸다. 잘 가꾸어진 이웃집 화단에 대항이라도 하듯 자연스러움을 추구하자는 심산이었다. 붓꽃, 양귀비, 마가렛, 백일홍 등등……. 여름 내내 갖가지 꽃들이 쉼 없이 피고지는 열의가 대단했다. 다양한 꽃들이 어울려 피어나는 융통성이 볼만해서 한동안 누렸지만 두 해를 넘기지 못하고 싫증이 났다. 왕성한 번식력과 무질서에 질린 탓이었다.

다음해엔 코스모스 씨앗을 뿌렸다. 일손도 덜 겸 때가 되면 가을의 정취를 온 동네에 뿌리리라는 야심에서였다. 웬걸, 초여름부터 개화가 시작되더니 더운 계절 내내 만개한 코스모스 밭에서 철 이른 가을을 느껴야 했다. 빠른 세월 늦추지는 못해도 앞서고 싶지 않은 마음에 이 또한 퇴출시켜야 했다.

새로운 아이디어를 찾느라 고심하고 있을 때 친구로부터 잘 여문 해바라기 한 송이가 전해져 왔다. '옳거니. 반 고흐의 해바라기를 내 뜰에다 놓아 보자.' 봄 파종시기까지 기다릴 것 없이 늦가을에 씨앗을 뿌려 놓았다. 그런데 이듬해 봄, 뜻하지 않은 삼파전에 시달려야 했다. 야생화, 코스모스, 해바라기의 기싸움이 대단한 탓이었다. 대세는 곧 떡잎 좋은 해바라기로 기울어졌지만 다른 두 종도 포기하지 않고 그들 나름대로 자리보전을 했다.

여름이 되었다. 하루가 다르게 쑥쑥 자라나는 해바라기 군락은 좀 위협적이긴 해도 싱싱해서 좋았다. 키가 건넛집 처마 가까이 차올랐을 때부터 꽃이 피기 시작하더니 이내 장관을 이루었다. 이웃의 화단을 가소로운 듯이 내려다보며 해시계 얼굴을 갸우뚱거릴 때는 대리만족까지 느꼈다. 하지만 개화가 끝나고 씨앗이 영글기 시작하면서 마무리 작업이 고민되었다. 굵직한 밑동을 뽑아내는 일이며 수거규칙에 맞추어서 자르고 묶는 일이 만만치 않아서였다. 씨 수확과 동시에 이 작업을 하리라 벼르고 있는데 하루는 온 동네에 소동이 났다.

난데없는 까마귀 떼들이 새까맣게 몰려들어 우리보다 한 발 먼저 해바라기 씨를 수확해간 것이다. 거기다가 결실을 앞둔 이웃의 과수며 채소까지 벌집을 만들어 놓았으니 낭패였다. 순식간에 한 해 농사를 망친 원인 제공자로 전락되어 한동안 원망의 눈길을 참아내야 했다. 그놈도 역시 실격이었다.

참으로 우연한 기회에 도라지꽃이 거명됐다. 대여섯 살 때, 어른들의 추임새에 맞추어 바구니 옆에 끼고 도라지 춤을 곧잘 추었던 기억이 어슴푸레 떠올랐다. 도라지와의 인연은 그것뿐인데 구미가 돌았다. 얼른 컴퓨터를 열어 사진이며 생태에 대한 정보를 훑어보았다. 짤막한 키에 함초롬한 꽃은 이미 실패한 세 종류의 단점을 모두 보완해 줄 것 같았다. 거기다가 동네에서 유일한 꽃이 될 것은 물론이고 뿌리까지 활용할 수 있으니 금상첨화였다. 지체할 것 없이 가족에게 연락하여 공수해왔다.

초봄, 씨앗을 뿌린 지 삼 주일정도 되었을까. 찬 기운이 채 가시지 않은 화단 귀퉁이에서 새순이 꼬물꼬물 올라왔다. 하루에도 몇 차례씩 눈 맞추기를 했다. 실오라기 같은 새순에 관심을 갖는 우리를 보고 이웃에서는 의심의 눈길을 자주 보냈다. 지난해에 겪은 해바라기의 참변을 염두에 둔 때문이었으리라.

날씨가 따뜻해진 어느 날 터를 넓게 잡아 이식을 했다. 한동안

새 땅에 적응하느라 꼬부라진 모습이 처연하기까지 했다. 옆집에서 의아한 눈빛이 자주 넘어 왔다. 그럴 때마다 나는 속으로 '걱정을 거두고 조금만 기다리시라. 보긴 이래도 뭔가 보여 줄 테니…' 하는 마음으로 응수했다. 하지만 봄, 여름 내내 온 정성을 다했는데도 꽃은커녕 키마저 땅에 붙은 듯 했다. 긴 여름 해가 기울도록 잡초 속에 파묻혀 운신을 못하는 그들을 보며 우리의 기대도 접을 수밖에 없었다.

다시 봄이 되었다. 바짝 말라붙은 도라지 몸통 아래서 강한 기운이 감지되었다. 변변찮은 한 해를 살고 난 녀석들이 태동을 시작한 것이었다. 얼었던 땅을 헤집고 꾸역꾸역 나오기가 무섭게 옆으로 위로 영역을 넓혀 나갔다. 한 해 착실히 쌓은 내공으로 거침없는 몸짓을 하더니 드디어 화단의 주인이라 불러도 손색이 없을 만큼 번성했다. 칠월에 접어들자 가지 끝마다 수많은 꽃봉오리가 매달려서 부풀리기를 며칠, 그리고 보란 듯이 줄줄이 피어났다. 이 년 만에 청보라색 비밀의 문을 열어 의심쩍어 하던 눈길을 사로잡았다. '생전 처음 보는 매혹적인 꽃 덕택에 산책길이 더 즐거워졌다.'며 서서히 이웃으로부터 반응이 왔다.

따가운 여름햇살을 사나흘 품었다가 미련 없이 주저앉는 꽃, 주된 역할에 충실하려는 자연의 이치가 신통하기만 하다. 큰 키에 덩치까지 앞세운 본토박이들을 옆으로 밀어내고 야멸차게 자리 잡아 가는 도라지꽃이 어쩐지 낯설지 않다. 이국땅에 어렵사리 뿌리 내리는 우리들의 모습을 거기서 보는 듯하다.

아직도 헤매는 그곳

　아침 숲에 들었다. 연일 잦은 비로 촉촉해진 숲은 바짝 마른 나의 감성에 물기를 더하는 것 같다.

　화려하게 물든 단풍잎이 아무렇게 휘날려도 한 폭의 그림이 되는 가을 풍경 속으로 나는 자연스럽게 빨려 들어간다. 열일 제쳐 두고 운동을 위해 나온 길이건만 땀 흘리는 노역 따윈 안중에 없고 마음 가는 데로 발길 닿는 데로 걷는다. 시인이 되었다가 때론 화가도 되었다가, 둘 사이를 자유자재로 넘나들며 마음속 화폭에 아름다운 계절을 열심히 새겨둔다.

　한동안 목적은 물론 동행도 잊은 채 숲의 일부가 되어 걷고 있는데 멀리서 다급한 소리가 들린다.

　길 찾기에 여념이 없는 그이의 부름이다. 나무 사이사이를 숨바꼭질하듯 다가가니 우리가 가야 할 길은 진행 방향이 아닌 그 반대쪽이란다. 혼자 가을 숲에 심취해서 방향 감각쯤은 안중에 없었는데 그이는 길 찾기에 꽤 골몰했던 듯하다. 의기양양하게 오늘만은 들어왔던 길로 나가겠노라 큰소리를 쳤는데…. 그이와 나는 의미심장한 웃음을 나누며 방향을 튼다. 베테랑 하이커 부부가 동네의 조그만 트레일을, 그것도 열대여섯 번씩이나 왔건만 한 번도 들어온 길을 제대로 나간 적이 없다는 이 사실을 누가 알랴.

새로 이사 온 집 가까이 하이킹 트레일이 있다. 이층 침실에서 창밖을 내다보면 소나무의 청정함이 그대로 느껴지는 그런 거리 쯤이다. 주택단지를 삥 둘러싸듯 형성되어 있는 이 트레일은 주민 누구나 쉽게 접근할 수 있도록 진입로를 군데군데 만들어 놓았다. 입구에 비치된 지도를 보면 두 시간정도면 사방 어디든 다녀올 수 있을 정도의 거리이다. 자타가 공인하는 우리의 하이킹 실력에 비하면 좀 약하다는 점도 없진 않지만 짧은 시간을 활용하기엔 그만일 것처럼 보였다.

이사를 오던 날, 산재한 일거리를 제쳐두고 등산화부터 신었다. 새로운 지역의 트레일에 대한 기대감으로 시간을 지체할 수 없었음이다. 쭉쭉 뻗은 잣나무 군락 사이로 백양나무, 자작나무, 단풍나무숲이 적당히 어우러진 곳은 우리의 발길을 바쁘게 했다. 또한 길의 형세는 완만함과 내리막을 고루 갖추고 있어 적은 운동량을 보충하기에 그만이었고 사람들의 통행이 없어 숲 전체가 우리 차지가 된 것도 마음에 들었다.

생업에 매달려 충분한 여유시간을 갖지 못하는 우리부부에게 하이킹은 최고의 오락이요, 취미생활이며, 건강 지킴이이기도 하다. 삶이 버거울 때마다 숲속에서 실컷 헤매다 나오면 만병이 치유된 듯 개운하기도 하고 쾌감의 농도는 어느 놀이에서도 느끼지 못할 정도로 높다. 이런 우리에게 이웃집에 마실가듯 드나들 수 있는 숲이 있다는 건 큰 행운 아닌가. 하지만 몸과 마음이 쉽게 가 닿을 수 있는 그 곳, 일상에 좋은 휴식처가 될 것 같아 접근했다가 연일 낭패를 보고 있다.

한 시간만 걷자던 다짐은 까마득히 잊어버리고 새로운 길에 취해 계속 걸었다. 사방으로 나 있는 오솔길의 유혹을 떨치지 못하고 이쪽, 저쪽 눈 가는 대로 걷다보니 돌아 나오는 길이 꽈배기처럼 꼬여 종잡을 수 없었다. 거기다 우중충하던 날씨가 소나기까지 동반하여 빗길에서 길 찾느라 애초의 계획보다 시간이 세 배는 더 소요되었다. 가벼운 마음으로 나섰다가 물에 빠진 생쥐 꼴이 되어 돌아왔다.

첫 경험에서 만만한 상대가 아니란 걸 간파한 우리는 두 번째부터는 지도며 간단한 산행 도구를 챙겨서 나섰다. 물론 이정표며 몇 미터 간격으로 표시된 사인을 시시때때 확인함은 기본이었다. 하지만 얼마 못 가서 길은 또 우리의 의식을 흐려놓았다. 큰 길, 작은 길, 샛길, 꽃길, 등 등 수없이 많은 유혹 앞에 초심을 지키기란 힘든 노릇이었다. 하여 뜻대로 갔다가 중간에서 헤매고 마지막은 으레 엉뚱하게 빠져나오기를 숱하게 해 오고 있다. 이젠 헤매는 그 길도 익숙하여 자연스럽지만 한 번 정도는 뜻한 바대로 이루어지는 날이 오기를 바랄 뿐이다. 오늘이 그런 날이 아닐까 기대해 본다.

흔히 길은 목적지에 이르게 하는 단순한 수단이라고들 한다. 하지만 나는 그 단순한 길 위에서 대어를 낚았다. 쉽게 결판이 났다면 한두 번 더 오르고 싫증이 났겠지만 열릴 듯 열리지 않기에 나는 오늘도 시시포스의 바위를 나르고 있다. 삶의 행로도 이와 무관하지 않으리라.

만추의 숲에서 건진 상념들

늦은 오후 가까운 숲에 들었다. 땅거미가 내리는 저녁 무렵에다 가을비까지 다녀간 끝이라 숲속은 몽환적인 분위기로 <u>으스스</u> 했다. 빨강 노랑 원색으로 채색된 단풍 숲 사이로 반쯤 드러난 고목들의 흰 가지며 낮게 깔린 안개는 자연이 연출한 이즈음의 할로윈 풍경이다.

나는 이런 풍경 속에서 움직이는 소품이 되어 가능한 한 빠르고 조용하게 걷는다. 가끔은 물기 머금은 낙엽더미가 나의 발길을 흔들어 나무둥치와 포옹을 하기도 하고 때론 푹신한 양탄자 위를 구르듯 날렵하게 발길을 옮긴다.

자연 속에서는 모두가 평등하여 주연 조연이 따로 없다. 낮은 자세로 다가서기만 하면 그대로 자연의 일부분이 되는 숲, 안락함과 평온함을 충전하는 소중한 곳이다.

적요하던 숲에 한 자락 바람이 일면 우수수 낙하하는 낙엽이 가을 운치를 더해 준다. 여기저기서 툭 툭 도토리 떨어지는 소리며 먹을거리를 물어다 나르는 다람쥐들의 움직임은 이 계절에만 느낄 수 있는 풍요로운 풍경이다. 아무런 미련 없이 자신들의 한 해살이 결과물을 서슴없이 내어 놓는 나무들, 그것을 받아 생명을 이어가는 자연의 순환 고리가 성스럽다. 나는 내 몸 속의 모든 감각을 활짝 열어 경이로운 순간들을 열심히 저장한다.

가쁜 숨을 헐떡이며 내리막길에 다다르니 잘 익은 도토리가 수 없이 깔려 눈길을 사로잡는다. 한 번도 보아준 적 없는 나무가 언제 열매를 맺어 이토록 튼실하게 결실을 냈는지 기특하여 가만히 올려다본다.

"할머니, 여기 도토리 있어요."

입술을 곧추세워 외쳐대는 서현이 생각에 가던 길 멈추고 자리를 잡는다.

산책 때마다 한 줌씩 주워 뒤뜰에 뿌려 놓으면 아이는 한동안 도토리 찾아내는 재미로 신바람을 낸다. 이즈음 아이를 집으로 불러들이는 데는 도토리보다 더 좋은 꺼리가 없다. 상기된 아이의 얼굴을 떠올리며 도토리를 주워담다 보니 잠깐 사이 주머니가 두툼해졌다. 이제 그만 일어나야지 하면서도 손은 연신 가랑잎을 헤친다. 좋은 목재를 만나면 집 지을 궁리부터 한다는 어느 목수의 변처럼 지나치기 어려운 식재료를 앞에 두니 주부의 본능이 발동한 탓이다.

큼직한 알맹이들을 보며 갈등하는 내 마음을 알아차린 듯 그이가 손을 내민다.

"사다 먹어, 괜히 일거리 만들지 말고."

견물생심에서 벗어나 꼭 필요한 만큼만 취하고 나니 발걸음이 가볍다. 자연은 욕심을 버리고 다가오라며, 병 주고 약 주며 나 자신을 담금질하게 한다. 현란하던 숲이 회색으로 바뀔 무렵 반환점을 돌았다. 긴 침묵 속으로 침잠하는 숲을 뒤로 하며 최근 어느 칼럼에서 읽은 P씨의 사연을 떠올린다.

P씨는 어느 회사의 중역으로 일과 가족부양에만 평생을 바친 사람이다. 모든 면에서 완벽주의자였던 그는 업무로 날밤 새우기를 밥 먹듯 하다가 50대 후반에 뇌졸중으로 쓰러져 1년이란 시한부 인생을 선고 받았다. 그나마 짧은 삶을 영위하기 위해선 아스피린과 등산뿐이라는 의사의 소견을 듣고 모든 걸 내려놓은 채 오지여행을 떠난다. 환자로 죽기보다 여행자로 죽기를 갈망하며 지팡이에 의지하여 한 걸음씩 나아간 그는 몸을 철저히 혹사시키는 쪽을 택한다. 3개월 만에 병세가 호전되고 삶에 대한 열망이 깊어져 자연에 몸을 던진다. 1년 6개월간의 오지여행과 천 개의 산을 섭렵하는 동안 온전한 건강인이 된 그는 '오지 탐험가' '오토 캠핑강사' '레저문화 칼럼니스트' 등으로 활동하며 86세의 젊은이가 되어 오늘도 떠나기 위해 배낭을 꾸린다고 한다.

'나를 산에 버렸더니, 산이 나를 살렸다.'는 그는 '인간은 모든 허세를 버리고 자연에서 다시 태어나야 한다.'며 자연 참살이를 강조한다. 절실하게 공감하는 부분이다.

석식 후 나른해지는 마(魔)의 시간대를 과감하게 떨치고 나오면 천의 얼굴을 가진 숲은 절대 후회하지 않게 한다. 세상에는 거저 얻어지는 게 없듯이 자연이란 친구도 열정과 노력을 바치지

않으면 허락하지 않으니 더 분발해야 할까 보다. '자연 참살이'의
삶을 동경하며 그 곁을 맴도는 요즘이다.

그들이 있어 따뜻한 겨울

　북쪽 소도시로 터전을 옮긴 후 첫 겨울을 맞았다. 대도시의 복잡다단한 생활권에 비해 외곽은 그래도 다방면으로 여유가 있어 은근히 즐기며 지내는 나를 보고 지인들은 내년 봄에도 같은 마음일지 두고 보겠다며 엄포를 놓았다. 북쪽이니 당연히 더 춥고 긴 겨울이 되겠지만 어느 정도일지는 쉽게 가늠이 안 되었다.

　겨울초입이 되자 뭔가 다름이 감지됐다. 이웃집 드라이브 웨이에 묵직한 말뚝이 여러 집 박혀있어 알아보았더니 적설량에 따라 눈을 치워주는 업체의 사인이라고 했다. 고산지대에서나 세워질 법한 말뚝이 동네에 박히다니 혹독할 겨울이 다가오고 있음이 피부로 느껴졌다. 하지만 예상외로 예년에 비해 흐린 날이 많고 눈발이 자주 흩날려도 전체적인 기후변동으로 인한 변화였지 특별히 이 지역에 국한된 것은 아닌 듯 했다. 겨울은 깊어 가는데 생각만큼 춥지 않고 삭막한 들녘을 보며 오히려 포근한 눈을 기다리기까지 했다. 괜한 걱정을 미리부터 했나보다며 거금을 지불한, 말뚝 박힌 집을 야릇하게 쳐다볼 즈음 폭설이 내렸다.

그날따라 눈이 얼마나 예쁘게 내렸는지 커피를 홀짝이며 전나무 숲에 펼쳐진 설경을 음미하느라 오랫동안 창가를 떠나지 못했다. 문득 눈에 덮인 소나무 가지가 어린 날 어머니 손에서 흔들리던 '쑥 버무리' 같다는 생각을 하며 그 시절 어디쯤에서 서성이고 있을 때 가까이에서 부르릉거리는 소리가 크게 들렸다. 부지런한 이웃의 눈 치우는 소리에 비로소 현실로 추락한 나는 그제야 주변을 살펴보았다.

차고 문을 열었다. 눈의 두께에 지레 놀란 나는 차라리 그 속으로 들어가서 숨고 싶었다. 우중충한 하늘은 앞으로 얼마나 더 많은 눈을 뿌릴지 알 수 없었고 이미 허벅지까지 찬 눈을 치울 생각을 하니 앞이 캄캄했다. 미리 기계를 장만하지 않은 게 후회되었고, 이제라도 말뚝을 세워야 하나 고심하며 남편과 쉴 사이 없이 삽질을 해도 표가 나지 않았다. 그때 꽤 먼 거리에서 한 아저씨가 기계를 끌며 길을 건너오고 있었다.

나와 눈이 마주치자 찡긋하며 우리 차도로 들어와서 서슴없이 눈을 밀고 나갔다. 멀찍이서 두어 번 수인사만 나누었을 뿐인 그가 자신의 집일은 뒷전으로 하고 새로운 이웃을 도우러 온 것이었다. 더욱이 수명이 다 되어가는 기계를 연신 손질해 가며 묵묵히 눈을 쓸어가는 모습을 보며 '거룩하다'는 표현이 적절한지, 혹시 아부성은 아닌지 속으로 되뇌며 자투리 눈을 쓸어냈다.

새해 첫날 아침, 서울에 있는 큰아이와 화상채팅을 했다.

"엄마! 오늘, 가락시장에 있는 노숙자 무료급식소에서 친구들과 함께 자원봉사 했어요. 새벽 일찍부터 음식 만들고 서빙까지 했는데 삼백 명이 좀 넘었나 봐요. 피곤하긴 해도 기분이 좋아요."

"아, 아들…."

신정 연휴만이라도 그쪽 식구들과 편안하고 따뜻하게 지내길 바랐던 어미의 마음을 송두리째 흔드는 일성에 나는 말을 잇지 못하고 녀석의 얼굴만 바라보았다. 잔잔한 미소 속에 번져있는 행복감, 새해 아침 받은 가장 기분 좋은 선물이었다.

계사년 올해는 비록 작지만 거룩한 뜻을 품은 이들의 행보가 뱀의 움직임처럼 사방으로 뻗쳐서 그들로 인해 모두의 마음이 따뜻해지는 해가 되기를 간절히 간구해 본다.